TITUS MÜLLER

Vom ALLTAGS GLÜCK

BRUNNEN
Verlag GmbH · Giessen

Titus Müller, Jahrgang 1977, geboren in Leipzig. Studierte in Berlin Literatur, Mittelalterliche Geschichte, Publizistik und Kommunikationswissenschaften. Mit 21 Jahren gründete er die Literaturzeitschrift *Federwelt*.

Titus Müller lebt mit seiner Familie in Landshut, ist Mitglied des *PEN-Clubs* und wurde für seine Romane u. a. mit dem *C.S. Lewis-Preis* und dem *Sir-Walter-Scott-Preis* ausgezeichnet. Im Herbst 2016 erhielt er den *Homer-Preis*.

Das *Kleine Buch vom Alltagsglück* ist groß geworden – und vom Autor für diese Neuausgabe (3. Auflage) mit Liebe zum Detail überarbeitet und spürbar erweitert worden: **auf 52 Geschichten.**

Inhalt

Stille

Ich mag Stille. Vor allem die Stille, in der man etwas hört. Mir gefällt es, wenn der Wind in den Baumwipfeln rauscht. Ich höre gern die Brandung am Meeresufer. Wenn die Wellen tosen, wird es weit in meiner Brust, und ich stehe einfach da und höre zu und sehe in die Ferne.

Mir gefällt die Stille unter einem Sternenhimmel. Das Leuchten zahlloser Sonnen am schwarzen Himmel lässt mich vergessen, dass da eine Atmosphäre ist, es wirkt, als stünde ich auf der Planetenoberfläche im Weltraum.

Die Stille von Wind und Meer und Sternen macht mich klein. Das gefällt mir, denn meine Selbstwahrnehmung ist die meiste Zeit des Tages angeschwollen wie eine Prellwunde, sie schmerzt und lässt mich daran denken, wie es mir gerade geht und ob alles in Ordnung ist oder ob mich etwas stört und was die nächsten Aufgaben sind und wem ich es recht machen will. Stehe ich am Meeresufer oder unter einem großen Baum oder unterm Sternenhimmel, dann weiß ich, dass ich klein bin auf einem riesigen Planeten und dass ich nicht wichtig bin, außer für meinen ewigen Gefährten, den Erschaffer von allem, den Weltenschmied. Und wenn ich ihm wichtig bin, muss ich mir selbst nicht wichtig sein, er kümmert sich dann schon, ich kann loslassen und einfach da sein. Es ist gut, einfach da zu sein.

Mit den vertrautesten Menschen kann ich auch schweigen. Ohne, dass es unangenehm ist. Ich muss nicht Konversation machen und ständig mit Blicken und Worten abprüfen, ob es meinem Gegenüber gut geht und ob es zufrieden ist mit mir.

Ich schweige gern in Buchhandlungen. Niemand redet laut in einer Buchhandlung, die Regale mit Tausenden Büchern machen ehrfürchtig. Vor dieser Menge an Wissen und Erfahrungen und starken Geschichten werden wir still.

Ich liebe Kinosäle, deren Polstersessel mich weich empfangen wie ein Nest und mich klein machen vor einer gigantischen Leinwand. Ich kann gut mit den anderen Filmliebhabern still genießen.

Ich liebe Bibliotheken, Konzertsäle, Wälder, und beim Schwimmen tauche ich gern, dann schweige ich unter Wasser mit dem See, und ab und an sehe ich einen Fisch, der mit mir schweigt.

In der Stille bin ich nicht abwesend. Ich beame mich nicht weg. Ich bin bloß endlich einmal nicht abgelenkt von meinen sorgenvollen Gedanken und darf anwesend sein, einfach so.

Freiheit

Matt Ridley hat ein Buch geschrieben, das ich in weiten Teilen für schlichtweg falsch halte (es heißt »Wenn Ideen Sex haben«). Aber es hat seine erhellenden Seiten. Er vergleicht unser luxuriöses Leben heute mit dem Leben früher, indem er ausrechnet, wie viel künstliches Licht man sich mit dem Lohn für eine Arbeitsstunde kaufen konnte: Heute arbeiten wir eine Stunde und bekommen dafür 300 Tage Lesevergnügen, im Jahr 1800 hätten wir für dieselbe Arbeit nur zehn Minuten Talglicht bekommen. Um 1750 vor Christus erzeugte man das Licht in Babylon mit Sesamöllampen. Damals musste man fünfzig Stunden arbeiten, um eine Stunde künstliches Licht zu bezahlen. Wie viel besser haben wir es als unsere Vorfahren! Und wir haben keinen Ruß an der Decke, es flackert nicht, stinkt nicht und ist nicht brandgefährlich. Die für mich kostbarste Ware aber, die wir heute in größerem Maß haben als früher, ist die Freiheit. Meine Vorfahren waren Schmiede. In einem früheren Jahrhundert hätte ich keine Wahl gehabt, wenn Großvater und Vater Schmied waren, wäre auch ich an der Esse gelandet. Ich bin lang und dünn und trage eine Brille. Mit Hammer und Amboss wäre ich nie glücklich geworden.

Ich bin in der DDR aufgewachsen, als Pastorensohn. Eine Mitgliedschaft bei den Thälmannpionieren kam für meine beiden Brüder und mich nicht infrage, zu weit lagen die Ansichten unserer Familie und die des Staates auseinander. In den Gesetzen der Thälmannpioniere hieß es unter anderem:

Wir Thälmannpioniere lieben unser sozialistisches Vaterland, die Deutsche Demokratische Republik. In Wort und Tat ergreifen wir immer und überall Partei für unseren Arbeiter- und Bauern-Staat, der ein fester Bestandteil der sozialistischen Staatengemeinschaft ist.

Wir Thälmannpioniere tragen mit Stolz unser rotes Halstuch und halten es in Ehren. Unser rotes Halstuch ist Teil der Fahne der Arbeiterklasse. Für uns Thälmannpioniere ist es eine große Ehre, das rote Halstuch als äußeres Zeichen unserer engen Verbundenheit zur Sache der Arbeiterklasse und ihrer Partei, der Sozialistischen Einheitspartei Deutschlands, zu tragen.

Wir Thälmannpioniere lieben und schützen den Frieden und hassen die Kriegstreiber. Durch fleißiges Lernen und durch gute Taten stärken wir den Sozialismus und helfen den Friedenskräften der ganzen Welt. Wir treten immer und überall gegen die Hetze und die Lügen der Imperialisten auf.

Die »Kriegstreiber« und »Imperialisten« lebten in der Bundesrepublik Deutschland und in Amerika. Die sollten wir hassen.

Das erinnert mich an die Spruchbänder der paramilitärischen Kampfgruppen der Arbeiterklasse, die in der DDR zum 1. Mai in der großen Parade mit dem Spruchband »Wir hassen die Kriegstreiber!« marschierten. Dabei war jeder Schütze mit einem Karabiner 98k ausgerüstet, und drei Mann jeder Gruppe trugen eine Maschinenpistole oder das Sturmgewehr MPi 44. Außerdem waren sie mit Handgranaten und Nebelgranaten ausgerüstet. Sie übten vier Stunden in der Woche Dreißig-Kilometer-Märsche, Schießen auf ein bewegliches Ziel, Schießen auf Mannscheiben. Ihre Zugführer trainierten Taktik des Straßen- und Häuserkampfes. Ziel der Einheiten war es, einen Volksaufstand gegen das Regime wie am 17. Juni 1953 zu verhindern, sollte er sich wiederholen.

Ich weiß, was Unfreiheit ist. Als Kind stand ich mit meiner Familie an den Grenzbefestigungen vor dem Brandenburger Tor, und ich fragte mich, wie es möglich wäre, über den Todesstreifen zu gelangen. Die Waffen der Grenzsoldaten waren keine Attrappe. Sie hätten auf mich geschossen, wenn ich losgelaufen wäre. Auf andere haben sie geschossen, es gab 327 Todesopfer an der Mauer.

Da ich kein Thälmannpionier war und später auch nicht in der Freien Deutschen Jugend, war es ausgeschlossen, dass ich nach der zehnten Klasse das Abitur machte. Ein Studium kam auch nicht infrage, und bei der Wahl des Ausbildungsplatzes hätten die Parteileute mich eingeschränkt. Ich plante, Bäcker zu werden. Vielleicht hätte man es mir erlaubt. Dann würden Sie heute kein Buch von mir lesen, sondern vielleicht ein Brötchen kauen, das ich gebacken hätte.

In der DDR musste jedes Druckwerk genehmigt werden. Einem, dem sie das Abitur verbieten, hätten sie kaum gestattet, Bücher zu veröffentlichen.

Obwohl ich immer ein guter Schüler war, war ich unserer Klassenlehrerin als Pastorensohn suspekt. Morgens war oft eine Diskussion über Politisches angesetzt. Meldete ich mich, sah sie durch mich hindurch, als wäre ich nicht da. Sie war klein gewachsen, hielt den Kopf aber hoch aufgereckt, machte einen spitzen Mund und fragte: »Hat noch jemand einen Beitrag?« Mein erhobener Arm war Luft für sie. Meldete sich niemand außer mir, erklärte sie die Diskussion für beendet.

Dann kam die Wende. Ich durfte Abitur machen. Zu Beginn dieser Zeit gingen wir mit der Schulklasse ins Berufsinformationszentrum, und da waren plötzlich all diese Berufe, die uns offenstanden, all diese Möglichkeiten! Es war ein überwältigendes Gefühl.

Aber auch wenn Sie in Westdeutschland aufgewachsen sind, gilt: Kein Zeitalter vor uns hatte eine solche Freiheit. Allein schon die freie Wahl des Wohnorts war in früheren Jahrhunderten für große Teile der Bevölkerung nicht gegeben. Und für eine Eheschließung musste man bei den Herrschaften um Erlaubnis bitten.

Die strengen Standesregeln führten mitunter zu absurden Situationen. König Friedrich Wilhelm III. war seit 1810 Witwer. 1824 heiratete er Auguste von Harrach. Allerdings stellte Auguste keine standesgemäße Verbindung dar, deshalb heiratete er sie »morganatisch«. Damit wurde sie offiziell seine Ehefrau, aber ohne in alle üblichen Rechte eingesetzt zu werden. Sie blieb in der Rangfolge bei Hof weit unter ihm, sie stand noch unter den jüngsten Prinzen. Der König und sie waren bis 1840 glücklich verheiratet, und sie pflegte ihn in den letzten Monaten aufopferungsvoll. An seiner offiziellen Trauerfeier im Berliner Dom durfte sie aber nicht teilnehmen, weil sie zu niedrigen Standes war. Die Witwe des Königs! Nach 16 Jahren Ehe!

Heute dürfen wir unsere Lebensumstände frei wählen. Wir dürfen heiraten, wen wir wollen. Oder uns entscheiden, nicht zu heiraten. Wir können Kinder aufziehen, eins, drei, fünf. Wir können unseren Beruf aussuchen.

Und wie viel Freizeit wir haben! Wir haben die Muße, zu lesen, zu schreiben, zu singen, im Internet zu surfen, wir gehen zum Baden an den Strand und zum Spazieren in den Wald, wir fliegen in den Urlaub, pflegen Hobbys, bilden uns weiter, besuchen uns gegenseitig.

Unsere Wahlmöglichkeiten wachsen beständig. 1965 hatte ein Supermarkt in Deutschland im Durchschnitt 3.200 verschiedene Artikel im Angebot. Heute sind es 11.600. Wir können im Lebensmittelgeschäft also aus über zehntausend Produkten auswählen. Größere Supermärkte haben sogar bis zu 60.000 Artikel vorrätig.

Eine kluge Logistik ist dafür nötig. Und Bäckereien, Müslifabriken, Apfelplantagen und Süßigkeitenerfinder lassen sich viel einfallen, damit wir ihre Ware in unseren Einkaufskorb legen.

Weltweit läuft ein unglaubliches Projekt der Zusammenarbeit. Damit ich mit einem Bleistift schreiben kann, schuften Arbeiter in den Grafitminen Sri Lankas, Holzfäller in den USA fällen das Wachholderholz – man verwendet es, weil es wenig Astlöcher hat und weich genug ist, um das Anspitzen zu ermöglichen –, und in einer Bleistiftfabrik in Deutschland wird das Grafitpulver mit Tonerde gemischt und die Mine bei mehr als 1.000 Grad Celsius im Ofen hart gebrannt. Anschließend behandelt man sie mit Wachs, damit sie geschmeidiger wird und man besser mit ihr schreiben kann, und fügt sie in ihre hölzerne Hülle.

Aber damit tasten wir ja gerade mal über die Oberfläche des Ganzen. Die Holzfäller trinken Kaffee von Kaffeebauern in Brasilien. Die Fabrikmitarbeiter bringen ihre Kinder in den Kindergarten. Sie lesen abends ein Buch oder sehen sich einen Film an. Jemand hat ihr Haus gebaut, jemand holt ihren Müll ab.

Was steuere ich bei zu diesem Projekt?

Ein Buch. Und es genügt. Ich darf, indem ich Bücher schreibe, meine Kinder in die Schule schicken, die Straßen benutzen, mich unter dem Schutz der Polizei bewegen, und auch für mich fahren die Schiffe über die Weltmeere und bringen Obst und Fleisch und Getreide und elektronische Geräte in die Häfen, von wo aus all das via Güterzug und LKW in meine Stadt gebracht wird.

Nehmen wir mal an, ich habe heute keine Lust, einzukaufen und zu kochen. (Lena lacht sich schlapp, wenn sie das liest – sie wird fragen: Wann hast *du* das letzte Mal gekocht?) Dann habe ich die Wahl zwischen Entenbrustfilet mit frischen Mangostücken in Mango-Safran-Cashew-Sauce im indischen Restaurant, einer knusprigen Thunfischpizza beim Italiener, mexikanischen Quesadillas, einer großen Platte Tapas beim Spanier, Sushi, kroatischen oder vietnamesischen Speisen oder gehobener deutscher Küche.

Ein anderes Beispiel: Für jeden Geschmack gibt es die passenden Schuhe. Sneaker in allen Farben. Mokassins. Elegante Oxfords, Budapester, Derbs. Bootsschuhe aus Veloursleder. Weiche Loafer. Stiefeletten für den Winter. Und das war nur die Männerabteilung, ganz ohne Ballerinas, Boots, Kitten Heels, Pumps und Riemchen-Sandaletten.

Und es gibt keine Kleiderordnung, die bestimmte Schuhe nur gewissen Gesellschaftsschichten erlaubt. Lachen Sie nicht! Das war in Europa lange Zeit gang und gäbe. Der Gebrauch teurer Seidenstoffe wie Atlas, Damast oder Brokat war den höheren Ständen vorbehalten, Handwerker und Bauern durften nur Wolle oder Leder tragen. Auch die Farben waren klar geregelt: Fürs niedere Volk Schwarz oder Graublau, für die Adligen die bunten Gewänder in Rot, Weiß, Braun oder Blaugrün, gestreifte Stoffe oder solche, in die Gold- und Silberfäden gewebt waren.

Im 14. Jahrhundert existierten nach Vermögen gestaffelte Kleiderordnungen. Damals kamen Schuhe mit langen spitzen Schnäbeln in Mode, und es wurde rasch gesetzlich geklärt, dass keiner außer den Adligen diese Schnabelschuhe tragen durfte. Bei Zuwiderhandlungen drohten Strafen.

Solche Regeln waren kein ausschließlich europäisches Phänomen. Auch im China der Ming-Dynastie gab es eine Kleiderordnung mit genauen Angaben zu den Farben der Kleider, die man tragen durfte. Dazu existierten Vorschriften zur Musik, die zu hören erlaubt war, und zu den Festen, die man feiern durfte. Jegliche Reisen waren verboten, Ausnahmegenehmigungen erteilte auf Anfrage die Regierungsbehörde.

Die Freiheit, die wir heute haben, genossen in der Weltgeschichte nur wenige. Hinzu kommt der Wohlstand, der unseren Spielraun noch erweitert. Im vergangenen Jahrhundert konnten es sich nur die Reichsten und Mächtigsten leisten, mit dem Flugzeug zu reisen. Schnelle Fortbewegung war ein Luxus. Und wir sind empört, wenn mal in einem Jahr der Urlaub ins Wasser fällt.

Schon bloß in ferne Länder zu telefonieren, war vor nicht allzu langer Zeit sündhaft teuer. In meiner Kindheit lebten wir für ein Jahr in den USA. Damals fassten wir uns kurz, wenn wir nach Deutschland telefonierten, weil sonst eine happige Telefonrechnung gedroht hätte.

Heute schicken wir nicht nur E-Mails in alle Welt, wir telefonieren auch, ohne nachzudenken (oft zur Flatrate), reisen, lesen, bilden uns – lauter Privilegien der Reichen, zu denen wir inzwischen Zugang haben.

Und wir haben mehr Zeit als unsere Vorfahren, unser Leben zu genießen. Die durchschnittliche Lebenserwartung in Deutschland ist in den vergangenen siebzig Jahren für Männer um rund 20 Jahre und für Frauen um rund 15 Jahre gestiegen. So viel zusätzliche Zeit haben wir. Nicht Minuten, nicht Stunden, sondern etliche Jahre mehr als die Menschen vor uns.

Das liegt am medizinischen Fortschritt, am Zurückdrängen von Infektionskrankheiten, an der Bildung und der Hygiene, die wir heute haben, und nicht zuletzt daran, dass wir uns weniger bei der Arbeit verausgaben müssen. (Ich weiß, das empfinden Sie nicht so.)

Die Wahrheit ist: Wir sind reicher geworden. Auch

in anderen Weltgegenden, wobei dort der Weg noch etwas weiter ist.

Unsere Generation genießt mehr Frieden, Freiheit, Freizeit, Bildung und kulinarische Genüsse als jede Generation davor.

Und wir?

Nörgeln.

Das Geheimnis von Heimat

Bis ich 32 Jahre alt war, hatte ich in meinem Leben bereits an neun Orten gewohnt. Im Durchschnitt – mathematisch gerechnet – blieb ich jeweils 3,5 Jahre. Müsste ich meine Heimatstadt benennen, würde ich Berlin sagen, dort habe ich am längsten gelebt. Eine wirkliche Heimat habe ich aber nicht. Keinen einen Ort, an dem ich Kindheit und Jugend und Erwachsenenalter verbracht habe. Das macht mir nichts aus, im Gegenteil, ich will gern noch mehr sehen von der Welt, am liebsten mal in New York leben, in Moskau, in London.

Wenn ich für eine Lesung in eine Stadt reise, frage ich mich, wie es ist, dort seine Heimat zu haben. Am Bahnhof frage ich die Menschen nach dem Weg zum Hotel, und sie erzählen mir gleich mehrere mögliche Wege. Ich frage verwirrt nach. Gleich schleicht sich ein fürsorgliches Lächeln in ihr Gesicht, sie denken: Oh, wenn er nicht mal diese Straße kennt, dann hat er wirklich keinen blassen Schimmer.

Ich sehe mir die Läden an, das Kino, die Häuser. Ich begutachte die Schlaglöcher in den Straßen, die murkeligen Zäune, sehe heruntergewohnte Straßen, spielende Kinder, einen alten Mann mit Tragetasche. Jede Stadt hat ihr eigenes Gesicht. Den Einwohnern ist dieses Gesicht vertraut wie kein zweites. Sie kennen hier die meisten Menschen, grüßen sich auf der Straße, haben zu jeder Hausecke eine Erinnerung: der erste Kuss, der erste Strafzettel, die zerbrochene Milchflasche, der Lieblingsplatz zum Lesen, der verlorene Schlüssel. Ihre Stadt ist ein Teil ihres Herzens, nirgendwo auf der Welt werden sie sich heimischer fühlen als hier. Ihr Zuhause besteht nicht nur aus ihrer Wohnung und ihrem Haus, sondern auch aus ihrer Straße, den Läden, wo sie einkaufen, ihren Haltestellen und Arztpraxen, der Schule, dem Fotografen und der Kirche.

Am nächsten Tag reise ich ab. Ich verlasse diese in sich abgeschlossene Welt, die sympathische Schneegestöber-Kugel. Meinen Neid auf die Wurzeln dieser Menschen lösche ich mit Arroganz: Ich habe mehr von der Welt gesehen als sie, bin mehr gereist, habe mehr Orte kennengelernt.

Die leise Frage bleibt, wer das Bessere gewählt hat.

Ich vermute, es gibt ein besonderes Verständnis der eigenen Existenz, wenn man – wie meine Großtante – sein Leben lang beim Blick aus dem Fenster auf dieselben Felder und denselben Wald sieht, und die Eltern und die Großeltern haben schon aus diesem Fenster gesehen, und der Wald ist geblieben, nur Sommer und Winter haben gewechselt, und die Felder haben Frucht getragen.

Nachts mit dem Zug über Land zu fahren und die Lichter in den Häusern zu sehen, wo man Abendbrot isst, im Sessel sitzt und liest, jedes Licht ein Zuhause, jedes Licht ein Mensch, das ist ein eigenartiges Gefühl. Wir wissen nichts voneinander, diese Menschen und ich. Ich weiß nichts von ihrer Ruhe, sie wissen nichts von meiner Rastlosigkeit.

Vielleicht ist freiwillige Beschränkung das Geheimnis von Heimat. Kein Ort auf dieser Welt ist perfekt. In den Bergen fehlt das Meer, am Meer fehlt der Wald, im Wald fehlt der Himmel. In der Großstadt gibt es keine Ruhe im Grünen, das Dorf bietet zu wenig Weltläufigkeit. Man muss wohl, um Heimat zu finden, verzichten können.

In der Liebe ist es ähnlich. Kein Mensch ist perfekt. Ich brauche Pläne, Lena liebt es spontan. Sie ist von meiner Planerei genervt und fühlt sich unter Druck gesetzt, wenn ich Entscheidungen von ihr einfordere. Ich hingegen leide Qualen, wenn das Wochenende bis zum Freitagabend ungeklärt bleibt oder wenn sie sagt: »Das können wir doch auch morgen spontan entscheiden.« Heißt das, ich sollte nach jemandem suchen, der gerne plant? Keinesfalls! Die Planerin wäre nicht so warmherzig und humorvoll wie sie.

Es ist gut, seine Heimat bei einem Menschen zu finden, mit allen Schwächen und Stärken, die er hat. Nur dann hängt man sein Herz ganz an ihn und kann Wurzeln treiben. Eine freiwillige Beschränkung, die großen Segen bringt: miteinander vertraut sein, sich kennen.

Vielleicht ist freiwillige Beschränkung das Geheimnis von Heimat und Liebe.

Vertrauen

Lena und ich sprechen über die Apartheid in Südafrika, ohne dass mir bewusst ist, dass unser fünfjähriger Sohn Jona zuhört. Einen Tag später sagt er plötzlich, er wolle mit mir nach Südafrika fahren, wegen der Schwarzen und Weißen und was ich da mit Mama geredet hätte.

Ich versuche ihm die Apartheid zu erklären.

Da meldete sich sein Bruder Felix (4) zu Wort: »Wir sind die Schwarzen, ge?« Er strahlt mich an.

»Nein, Felix. Wir sind die Weißen.«

Er verstummt. Es arbeitet in ihm. Dann fragt er leise, mit Entsetzen: »Also sind wir die Bösen?«

Ich glaube, ich muss in Zukunft besser aufpassen, was ich mit Lena in Hörweite der Kinder so rede. Heute habe ich noch mühsam die Kurve gekriegt und Felix weisgemacht, dass das vorbei und länger her ist … Andererseits, es sind Realitäten auf unserem Planeten, und selbst wo sie »überwunden« sind, haben sie noch Folgen bis heute. Ich will die Jungs nicht überfordern, aber ihnen auch keine Welt vorgaukeln, die nicht existiert.

Eine Gratwanderung. Es sind dieselben Kinder, die heute früh auf dem Weg zum Kindergarten darüber diskutiert haben, ob es den Nikolaus gibt oder nicht. Felix:

»Ist der unsichtbar oder was?« Jona: »Doch, den gibt es, den haben wir doch einmal im Kindergarten gesehen, weißt du nicht mehr?«

Wie können Kinder im einen Moment schon so groß sein und im anderen noch so klein? Ich gönne es ihnen, und ich wünsche mir, dass sie hundert gute Erfahrungen sammeln für jede schlechte und sich ein großes Vertrauen aufbauen, das sie durchs Leben trägt.

Die Welt kommt uns verlogen vor, aber tatsächlich arbeiten wir mit einem immensen Vertrauensvorschuss. Wir alle. Wir lächeln Fremde an. Wir kaufen Lebensmittel, ohne die Packung zu öffnen und nachzusehen, ob auch wirklich das Versprochene darin enthalten ist und ob es die erwartete gute Qualität hat. Wir engagieren Handwerker und gehen davon aus, dass sie ihre Arbeit gut erledigen werden. Wir geben unsere Kinder in die Hände von Lehrern und Erziehern, die wir kaum kennen, jeden Tag etliche Stunden.

Wir steigen in ein Flugzeug, ohne uns zuvor einen Nachweis über die Flugausbildung des Piloten zeigen zu lassen. Neulich stieg ich in München aus dem ICE aus und lief am Zug nach vorn Richtung Ausgang. An der Spitze des Zuges sah ich, wie sich der Triebfahrzeugführer aus dem Fenster lehnte, um mit einem Kollegen zu sprechen, und war baff: Er sah aus wie achtzehn! Blutjung. Dieser junge Kerl war gerade mit uns bei Tempo 300 durch das Land gerast. Mein Leben hing von ihm ab. Er hat es gut gemacht.

Wir vertrauen also. Und Gott? Vertraut er uns?

Evgeny Morozow vergleicht in seinem Buch »Smarte neue Welt«, wie in Berlin und in New York mit dem Problem der Schwarzfahrer umgegangen wird. Die Städte verfolgen verschiedene Ansätze. Berlin geht davon aus, dass Menschen in der Lage sind, moralisch zu handeln. Die Stadt appelliert an ihre Ehrlichkeit und kontrolliert dann sporadisch, um die »schwarzen Schafe« herauszufischen. Den Einwohnern wird vermittelt: Wir trauen es euch zu, dass ihr euch fair verhaltet. In die Berliner U-Bahnhöfe spaziert man hinein, ohne kontrolliert zu werden. Man kann wochenlang U-Bahn fahren, ohne zu bezahlen. Nur ab und an gibt es Kontrollen. Wer erwischt wird, geniert sich, die Leute gucken ihn an. Berlin sagt: Ihr kriegt das hin, guckt mal, so funktioniert es. Wir vertrauen euch, dass ihr mitmacht.

New York geht stattdessen davon aus, dass die Menschen betrügen wollen. Strenge Maßnahmen sollen sie daran hindern. Wer den Bahnsteig der New Yorker U-Bahn betreten will, ist gezwungen, sich einzeln durch ein mannshohes Drehkreuz aus Stahl zu quetschen. Es dreht sich nur, wenn man einen Fahrschein vorweist. Einmal starb ein Mensch bei einer Schießerei, weil die Polizei nicht auf den Bahnsteig gelangen konnte – sie hatte keinen Fahrschein.

Sperren wie diese sagen: Du bist böse, und wir wissen es, aber wir lassen dich nicht betrügen. Evgeny Morozow machte die Beobachtung, dass gerade solche

Sperren zu Versuchen animierten, sie auszutricksen. Sie kitzelten in den Menschen seiner Auffassung nach das Böse wach.

Gott geht mit uns den Weg der Berliner U-Bahn. Er traut uns das Gute zu, statt uns vom Bösen auszusperren. Natürlich sind wir Sünder, wir machen täglich Fehler. Oft tun wir das Schlechte, obwohl wir uns nach dem Guten sehnen.

Trotzdem hat er keine Sperre gebaut wie in der New Yorker U-Bahn, er zwingt uns nicht zum Guten, sondern sagt uns den guten Weg und hofft, dass wir ihn gehen. Schon im Garten Eden war es so. Den Baum der Erkenntnis umgab kein Elektrozaun.

Statt auf Grenzen setzt Gott auf Bildung und Vertrauen.

Natürlich gibt es wohltuende Grenzen. Tag und Nacht. Schlafen gehen. Loslassen. Sich in Gottes Hand geben. Dann der Sonnenaufgang und ein Neubeginn. Ein frischer, unberührter Tag. Ein neuer Versuch.

Oder der Jahresanfang. Die Chance, es neu anzupacken. Wollte ich so sein, als ich jung war und mir mein Leben erträumt habe? Wollte ich der Mann sein, der ich heute bin? Wollte ich das Leben führen, das ich heute führe? Wie kann ich Besonnenheit in mir wachsen lassen? Wie kann ich die Liebe zum Kleinen wiederfinden, die kindliche Begeisterung?

Ich soll auch nicht mit 150 km/h durch eine Ortschaft rasen: Das Ortsschild setzt eine Grenze. Ab hier sind nur 50 km/h erlaubt. Die Grenze hilft mir dabei, mich gesund zu verhalten.

Und wenn ich zu Fuß unterwegs bin und über die Straße gehe, weil die Fußgängerampel Grün zeigt, bin ich froh, dass das Gesetz den Autofahrern vorschreibt, bei Rot stehen zu bleiben und mich nicht totzufahren.

Nebenbei gesagt, erwarte ich, solange die Gesetze die anderen betreffen, vollen Gehorsam dem Gesetz gegenüber. Selber gehe ich allerdings nach 22 Uhr – die Kinder schlafen doch schon – auch mal bei Rot über die Straße, wenn keiner guckt. Ich prüfe ja, ob was kommt. Würde ein Autofahrer vorsichtig bei Rot über die Kreuzung rollen (»er guckt ja vorher«), wäre ich empört. Na gut, der Vergleich hinkt, ich bin nur zu Fuß unterwegs und tue keinem weh, und er fährt ein Auto. Trotzdem ist es vielsagend, dass ich mir mehr Freiheiten zubillige als den anderen.

1968 flogen Frank Borman, James Lovell und William Anders mit dem Raumschiff Apollo 8 zum Mond. Ihre Aufgabe bestand darin, die Mondkrater zu fotografieren, mit dem Ziel, einen günstigen Landeplatz für eine der nächsten Apollo-Missionen zu finden.

Dreimal umrundeten sie den Mond. Kommandant Frank Borman richtete das Raumschiff mit der Spitze zur Mondoberfläche aus, die Blicke der Astronauten waren fest auf die Krater gerichtet.

Bei der vierten Umrundung ließ Bormann das Schiff um seine Längsachse rotieren, und im Seitenfenster sahen die Astronauten plötzlich etwas Überwältigendes. Über dem Mond ging die Erde auf, ihr blauer Planet, wunderschön und verletzlich.

Die Bordaufzeichnung hielt fest, wie William Anders sagte: »O mein Gott. Seht euch dieses Bild an. Die Erde geht auf. Mann, ist das schön.«

In der Kamera befand sich ein Schwarz-Weiß-Film, für die Mondkrater genügte das, aber jetzt suchte Anders verzweifelt nach einem Farbfilm. Und dann nahm er ein Bild auf, das zu den einflussreichsten Fotografien der Weltgeschichte gehört: das Bild der aufgehenden Erde. Unser Heimatplanet, der klein und wunderschön und voll von Leben im schwarzen All schwebt.

Es wurde in den USA ein Jahr später als Briefmarke gedruckt, mit dem Bibelvers »Am Anfang schuf Gott …«, den William Anders am Tag des Fotos an Bord zitiert hatte. Und es wurde zu einem Wendepunkt des Denkens, gab der Umweltbewegung Auftrieb und stärkte diejenigen, die sich gegen Rassismus einsetzten.

Nicht zuletzt machte es der weltweiten Bevölkerung bewusst, dass nicht Ländergrenzen oder Unterschiede im Denken zählen, sondern das Bewusstsein, dass wir eine Menschheit sind. Wir dürfen mit Respekt und Güte miteinander umgehen.

Oder anders gesagt: mit gegenseitigem Vertrauen.

Wir sind hier, um uns zu wundern

Die Quäker wandten sich im 17. Jahrhundert in England gegen die Regeln der Höflichkeit, weil sie davon ausgingen – nach Apostelgeschichte 10,3 –, dass Gott nicht auf die Stellung einer Person achtet. Aber das genügte ihnen nicht. Lukas 10,4 verstanden sie außerdem so, dass man niemanden auf dem Weg grüßen solle. Also zogen sie nicht mehr den Hut, sie sagten weder »Guten Abend« noch »Guten Morgen« und weigerten sich auch, jemanden »Sir« oder »My Lord« zu nennen, ein Knie zu beugen (die Männer), zu knicksen (die Frauen) oder anderen äußerlichen Höflichkeitsregeln zu folgen. Sie verabschiedeten sich nicht mal, wenn sie irgendwo zu Besuch waren, so dass man nie wusste, ob sie nur kurz den Abort aufgesucht hatten oder endgültig gegangen waren.

Jemanden in der Mehrzahl anzusprechen (»you«), erschien ihnen eine unnötige Spielerei, sie sagten zu allen du (»thou« oder »thee«), wie man sonst nur private Freunde, Untergebene oder Leute ansprach, die man beleidigen wollte. Floskeln und Komplimente wie »Ihr ergebener Diener, mein Herr« betrachteten sie als heuchlerische Lügen. Stattdessen bemühten sie sich um einfache Rede, undiplomatisch und geradeheraus.

Neben den biblischen Gründen hatten sie ein Argument dafür, das uns heute begeistern würde: Sie lehnten Handlungen ab, die nicht von Herzen empfunden sind.

Vieles erscheint uns heute artifiziell. Wir verspüren eine große Sehnsucht, hinter die glanzpolierte Oberfläche zu sehen. Wir suchen nach dem Authentischen, horchen in uns hinein und wollen wissen, was wir wirklich fühlen, und das dann auch zeigen.

Dadurch sind wir – wie die Puritaner damals – weniger höflich, weil Höflichkeit ja mitunter erfordert, Gedanken über jemanden nicht frei zu äußern. Wir empfinden den Stinkefinger als authentisch. Ärger erst einmal zu bändigen, kommt uns hingegen vor, als müssten wir uns unnatürlich zu etwas zwingen.

Wir wollen unser Inneres ungezähmt nach außen stülpen. Während man früher den Charakter als eine Art Garten ansah, in dem man Bäume anpflanzte und sie pflegte, bis sie groß und stark geworden waren, sagen wir heute: »So bin ich eben.«

Damit haben wir viel gewonnen.

Aber schon zur Zeit der Quäker führte die Abkehr von Ritterlichkeit und Anstand zu unguten Zuständen. In den Kneipen redete man offen von geplanten Überfällen, auf der Straße wurden Menschen Flüche nachgerufen, man warf Fensterscheiben ein – all dies als Nebeneffekt, nicht von den Quäkern ausgeführt, aber als Teil der gesellschaftlichen Strömung, die Höflichkeit als artifiziell zu empfinden begann.

Als Donald Trump zum Präsidenten der Vereinigten Staaten gewählt wurde, fragte man die Wähler, die für ihn gestimmt hatten, was sie am meisten an ihm schätzten. Die häufigste Antwort war: »Er ist authentisch.«

Das mag sogar stimmen, er ist authentisch, wenn er Beleidigungen ausstößt, Frauen erniedrigt oder die Fakten zu seinen Gunsten verdreht. Authentisch zu sein heißt oft nichts anderes, als seine Bedürfnisse zu stillen – und das gefällt unserer kapitalistischen Gesellschaft: »Bedürfnis« ist ein Begriff, der gut zum marktgetriebenen Denken passt. Wir wollen uns ungefiltert ausleben.

Aber wenn Neid und Missgunst uns regieren dürfen, landen wir in der Barbarei. Was ist mit Ritterlichkeit, mit Anstand? Wie wäre es, wenn wir wieder gute Gespräche in unsere Charaktergärten pflanzen würden wie Bäume?

Die Respektlosigkeit, das Laut- und Direktsein ist häufig nichts anderes als roh. Der christliche Glaube aber lehrt Freundlichkeit, nicht Unhöflichkeit und Brutalität. Und er lehrt sie zu Recht.

Denn unsere Welt wird schroff, und wenn wir unseren Charakter nicht pflegen, verkommt er in dieser Umgebung, bis er ein ungezogenes Kind geworden ist. Unser Inneres wird zu einem verfallenen Haus, zugewuchert mit Dornenbüschen und voller leerer Flaschen, Müllhaufen und Dreck. Wir beginnen, uns selbst zu meiden, weil wir ein Mensch geworden sind, mit dem wir nicht gern zusammen sind, und fliehen in die oberflächliche Ablenkung.

Kümmern wir uns hingegen um unseren Charakter, wird er eine schöne Wohnung, die für uns und andere einladend ist, ein Ort mit guter Musik und anregenden Gesprächen.

Wie lange beispielsweise ist uns schon die Gewohnheit abhandengekommen, Dankesbriefe zu schreiben. Wir warten darauf, Dankbarkeit »zu empfinden« – eine Pflicht zum Danken ohne dieses starke innere Gefühl erschiene uns lügenhaft. Dabei würde das Schreiben des Briefs gerade das fördern, was uns fehlt: ein feines, im besten Sinn tugendhaftes Empfinden. Bloßes Benimm-Gehabe?

Robert F. Kennedy sprach an der University of Kansas am 18. März 1968 über Vietnam. Aber vor allem warnte er davor, die falschen Dinge zu schätzen. Das Bruttosozialprodukt der USA betrug damals 800 Milliarden Dollar jährlich. Gleichzeitig gebe es eine »Armut an Zufriedenheit [..], die uns alle betrifft.« Die Amerikaner hätten sich »der bloßen Anhäufung von Dingen« hingegeben. Die 800 Milliarden Dollar erfassten »Luftverschmutzung und Zigarettenreklame«, sie rechneten »Spezialschlösser für unsere Haustüren mit ein […], die Zerstörung der Mammutbäume und die Vernichtung unserer Naturwunder durch chaotische Zersiedelung«, Atomsprengköpfe und gepanzerte Fahrzeuge für die Polizei, »die Fernsehprogramme, die Gewalt verherrlichen, um unseren Kindern Spielzeug zu verkaufen«.

Was das Bruttosozialprodukt aber nicht berücksichtige, sei »die Gesundheit unserer Kinder, die Qualität ihrer Ausbildung oder die Freude beim Spielen«. Es umfasse nicht »die Schönheit unserer Dichtung oder die Stärke unserer Ehen«, es messe »weder unseren Verstand noch unseren Mut, weder unsere Weisheit noch unsere Bildung, weder unser Mitgefühl noch die Hingabe an unser Land. Kurz, es misst alles außer dem, was das Leben lebenswert macht.«

Wir konzentrieren uns auf die sichtbaren Dinge – dabei sind es die unsichtbaren, auf die es ankommt im Leben.

Wir setzen ein gutes Leben mit persönlichem Besitz gleich. Die Reklame weckt Bedürfnisse in uns, wir schaffen uns Dinge an, und indem wir uns unseren privaten Gütern zuwenden, wenden wir uns von den Mitmenschen ab. »Privater Reichtum führt zur Vernachlässigung des Allgemeinwohls«, so sagt es Frank Trentmann, der die Geschichte des Konsums vom 15. Jahrhundert bis heute untersucht hat.

Wir dürfen nicht vergessen, dass wir als Konsumenten Staatsbürger sind, und nicht nur Kunden.

Wir dürfen nicht vergessen, dass wir als Eltern Bestaunende sind, und nicht nur Erzieher.

Wir dürfen nicht vergessen, dass wir als Erdenbewohner Beschenkte sind, und nicht nur Zufälle.

Wir sind hier, um uns zu wundern. Wir sind hier, um das, was auf den ersten Blick sichtbar ist, in seiner Schönheit wahrzunehmen, aber auch, um darüber hinaus zu forschen, ins Unsichtbare hinein. Dadurch sind wir ganz Mensch.

Nicht das völlige Zufriedensein mit dem Ist-Zustand ist das Ziel. Ich muss meine Sehnsüchte und Träume ernst nehmen und aktiv darauf zugehen; ich darf nicht auf die perfekten Wetterverhältnisse warten. Schon Salomo notierte: »Wer auf den Wind achtet, wird nie säen.« (Prediger 11,4) Das Warten auf Muße heißt, mit dem Säen des Guten ewig zu warten, anstatt einfach damit anzufangen.

Robert Musil schrieb: »Unsere Zeit schafft diese Wunder, aber sie fühlt sie nicht mehr. Sie ist eine Zeit der Erfüllung, und Erfüllungen sind immer Enttäuschungen; es fehlt ihr an Sehnsucht, an etwas, das sie noch nicht kann, während es ihr am Herz nagt.«

Lenas Handtasche

Draußen sind's gerade minus 15 Grad. Mir erfrieren die Ohren, aber das erdulde ich, aus Sorge, jemand könnte mich belächeln, wenn ich eine Mütze trage. Mützen sind peinlich. Und mir ist wichtig, was die Leute über mich denken.

Als ich noch in Berlin wohnte, gab es in meiner Straße eine Pizzeria und einen Döner-Imbiss. Ich aß manchmal Pizza und manchmal Döner, und jedes Mal hatte ich ein schlechtes Gewissen, wenn ich am jeweils anderen Imbiss vorüberging. Stand der Pizzabäcker in seiner Tür und sah nach draußen, wenn ich ihn mit einem Döner in den Händen passierte, hätte ich mich am liebsten unsichtbar gemacht oder ihn um Verzeihung gebeten: Bitte entschuldigen Sie, nächstes Mal komme ich wieder zu Ihnen …

Dann zog ich nach München, nur sieben Minuten von Lena entfernt. Waren wir gemeinsam in der Stadt unterwegs und sie wollte ihren Schal festziehen oder brauchte zum Fahrkartenkaufen beide Hände, gab sie mir ihre Handtasche: »Halt mal kurz!« Das fand ich schrecklich. Ich stand dann mit einer Damenhandtasche herum und schämte mich: Wie sieht das aus!

Ein Mann mit einer Handtasche! Hoffentlich guckt gerade keiner.

Lena versuchte, mich zu beruhigen. Sie sagte: »Die Leute sehen doch, dass die Tasche mir gehört.« Aber das machte es kein bisschen besser. Ein Mann, der seiner Liebsten die Handtasche hält! Sieht das etwa gut aus? Ich würde für Lena einen Kleiderschrank durch die Fußgängerzone schleppen. Ich würde für sie ein Auto von der Straßenkreuzung schieben oder einen Elefanten am Halsband durch den Park führen. Aber ihre Handtasche mochte und möchte ich nicht halten. Wären wir allein auf der Welt oder München zufällig für einen Tag evakuiert worden, wäre das natürlich kein Problem. Ich bin abhängig davon, was die anderen über mich denken. Dabei schätze ich Freiheit! Aus irgendeinem Grund begebe ich mich selbst in die Was-denken-dann-die-Leute-Sklaverei.

Ingeborg Reinhold schreibt: »Wie ich mich als kleines Mädchen immer über das raschelnde Laub gefreut habe! Welch ein Spaß war es, die herb nach Sonne und Erde duftenden Blätterberge schlurfend vor sich her zu schieben oder vergnügt hoch aufzuwirbeln. Schade, diese Zeit ist vorbei. Moment mal – wieso eigentlich? Wer sagt, dass eine Frau mittleren Alters nicht mehr im Laub rascheln darf?« Und dann tut sie es, sie schiebt vor den staunenden Blicken der Leute ihre Füße durchs Laub, häuft es auf, stößt es hoch und atmet lächelnd seinen Duft ein. Bringst du mir das bitte bei, Ingeborg?

Erdbeeren vom Friedhof

Im Juni bin ich mit meinem Onkel über einen Friedhof spaziert und wir haben Erdbeeren von den Gräbern genascht. Schütteln Sie sich ruhig – mir haben die Erdbeeren geschmeckt. Wissen Sie nicht, dass die Luft, die Sie einatmen, schon von Tausenden Menschen geatmet wurde? Dass schon Hunderte das Wasser getrunken und wieder ausgeschieden haben, das Sie trinken? Wir bilden uns ein, Nahrung und Luft frisch zu bekommen, als wären die Moleküle in Folie eingeschweißt und kämen gerade aus der Fabrik. Aber es wird keine Materie hergestellt. Wir leben mit und von dieser Erde, die Generationen vor uns bewohnt und gebraucht haben. Die Moleküle sind bereits alle benutzt, sie werden wieder und wieder zu neuen Formen zusammengesetzt.

Beim Naschen der Erdbeeren auf dem Friedhof musste ich daran denken. Überhaupt wache ich auf Friedhöfen aus einem Dämmerzustand auf. Albert Schweitzer sagte einmal: »Der moderne Mensch wird in einem Tätigkeitstaumel gehalten, damit er nicht zum Nachdenken über den Sinn seines Lebens und der Welt kommt.« Dieses taube Vorwärtstaumeln bemerke ich oft erst, wenn mich die Stille eines Friedhofs umgibt.

Ich frage mich: Wie wird einmal mein Grab aussehen? Was wird auf dem Stein stehen? Und was denken die Leute über mich, die mich noch gekannt haben? Vielleicht sagen sie: Er hat hart geschuftet, sein Leben lang. Oder: Er war so freundlich zu seinen Enkeln. Gräber erinnern mich daran, wie leer vieles ist, was ich tue. Und wie sinnvoll vieles, das ich nicht tue.

Der Autor des Kleinen Prinzen, Antoine de Saint-Exupéry, schreibt in seiner Erzählung Nachtflug: »Er gestand sich ein, dass er alles, was das Leben süß macht, nach und nach auf das Alter verschoben hatte, auf den Augenblick, da er ‚Zeit dazu haben' würde.«

Naschen wir ein paar Vergänglichkeitserdbeeren. Malen wir uns das eigene Grab aus. Das ist eine ruhige Wahrheit – auch wir werden eines Tages einen Grabstein haben, und vielleicht steht einmal jemand davor, der uns noch gekannt hat, und geht seinen Erinnerungen an uns nach. Was sollen das für Erinnerungen sein? Was soll unserem Besucher zuerst einfallen, wenn er an uns denkt?

Mit Schnee kochen

Wenn ich die Zähne putze, fange ich links oben an. Dann geht es weiter über die Schneidezähne, anschließend kommen rechts unten die Backenzähne dran. So mache ich es, nach dem immer gleichen Schema, Tag für Tag.

Auch beim Duschen folge ich einer Gewohnheit. Zuerst wasche ich die Arme, dann die Achseln, dann die Brust. Darüber muss ich nicht mehr nachdenken. Es ist ein ruhiges Ritual, jeden Morgen.

Allerdings haben Rituale einen Haken: Indem ich meinen Trampelpfaden folge, verpasse ich mitunter das, was rechts und links des Weges liegt. Weil die Trampelpfade so schön vertraut sind, gehe ich sie mit geschlossenen Augen und nehme nichts mehr wahr. Ich denke nicht nach beim Duschen oder Zähneputzen, beim Abwaschen oder Essen oder Schuhebinden, zumindest nicht über das, was ich gerade tue.

Während der Recherchen für einen neuen Roman bin ich auf einen Text aus dem 10. Jahrhundert gestoßen. Ein Mann beschrieb darin, wie er seine erste Banane gegessen hat: »Eine Frucht in der Form einer Gurke, aber wenn sie geschält wird, ist das Innere der Wassermelone nicht unähnlich, nur von feinerem Geschmack und köstlicher«.

Plötzlich staune ich über diese Frucht.

Könnte ich genauso bewusst essen? Auch gewöhnliche Nahrungsmittel, Kartoffeln, Brot, Mohrrüben? Ich würde gern bemerken, wie süß die Mohrrüben schmecken, wie sie zwischen den Zähnen knirschen, so frisch und knackig sind sie. Den Brotbrei im Mund spüren, wie er sich mit der Butter vermischt und herb nach Ofen schmeckt, wie er weich den Hals hinunterrutscht und mich sättigt.

Kurz entschlossen koche ich mit Schnee. Davon gibt es genug zurzeit. Ich gehe einfach mit dem Topf vors Haus und schaufele weißen Schnee hinein. Dann das Gemüse hinzu – fertig. Es ist sicher eine Illusion, aber mir kommt das Essen feiner vor als sonst. Es schmeckt fantastisch. Wer zwingt mich, das langweilige Leitungswasser zu nehmen?

Ein paar Stunden später ist alles Besteck im Abwasch. Ich habe keine Lust abzuwaschen. Weil kein Messer sauber ist, trage ich zum Abendessen die Butter gleich mit dem großen Brotmesser auf. Ein Vergnügen! Ich komme mir vor wie ein Abenteurer.

Ich maile mit Andreas Noga, einem befreundeten Lyriker, darüber, dass wir gerade nicht genug arbeiten und dass wir uns schlecht fühlen deswegen. Er mailt zurück: »Andererseits ist es auch mal schön, nichts zu tun, auf dem Zweisitzer in meinem kleinen Arbeitszimmer zu liegen und durch das gekippte Fenster in den Tag zu lauschen.«

Lyriker sind begabt darin, die Augen offenzuhalten jenseits aller Gewohnheiten. Und sie können uns die Augen öffnen! Ich mag Gedichtbände wie *Bernsteinäugiges Fellchen* von Andreas Noga, *Der Atem der Schlittenhunde* von Frank Schmitter, *Wörter auf Abruf* von Günter Grass oder *Zur Zeit und zur Unzeit* von Erich Fried. Gedichte tun mir gut.

Die schwarzen Anzugmänner in meinem Kopf schütteln die Köpfe und sagen, für diesen Firlefanz sei keine Zeit, später könne ich mir solche Spielereien erlauben, wenn weniger los sei, aber doch nicht jetzt! Ist wirklich irgendwann mal weniger los? Vor zweitausend Jahren schrieb der Philosoph Seneca in *De Brevitate Vitae:* »Nun aber bringt doch den allergrößten Verlust an Lebenszeit das Hinausschieben mit sich. Man lässt gerade den bestehenden Tag verstreichen und bestiehlt die Gegenwart, weil man sich auf das Späterkommende vertröstet. Das größte Hindernis des Lebens ist die Erwartung, die sich auf den nächsten Tag richtet. Du verlierst dadurch das Heute.«

Genauso kann man sich das Heute verderben, wenn man Negatives in der Zukunft erwartet. Ich habe kürzlich ein Bühnenprogramm mit Cordula Tornow, einer Pantomimin, gestaltet. Später am Abend erzählte sie mir, dass sie im Urlaub schon am ersten Tag denkt: Bald ist der Urlaub wieder zu Ende … Freu dich nicht zu sehr, damit du am Ende nicht traurig bist.

Ich war verblüfft. Sie ist so eine fröhliche Künstlerin!

Und doch sieht auch sie mitunter besorgt nach vorn, anstatt das Jetzt zu genießen.

Nicht immer kann ich mit Schnee kochen. Es gibt auch nicht jeden Tag gelbe und violette Krokusse zu bewundern, die sich aus dem Schnee strecken. Oder einen Sommerhimmel und Möwen. Nasskalte Tage machen es uns schwer. Aber auch sie haben ihren Zauber. Meine Großmutter schaut sich bei Regenwetter immer entzückt die schwarzen Wolken an, sie beobachtet das Naturschauspiel wie ein spannendes Theaterstück. Ihre Wohnung ist ihr trockener, warmer Beobachtungsplatz, und von dort aus erfreut sie sich an der Kraft eines Gewittersturms.

Wann immer ich die Augen öffne, finde ich eine Schönheit am Wegrand.

Warum ich schreibe

Als Kind hatte ich Angst vor Ungeheuern. Ich hasste die Dunkelheit. Oft starrte ich nachts mit weit aufgerissenen Augen in das Zimmer und wartete darauf, dass das Böse kam. Gespenster huschten über den Boden. Sie versteckten sich hinter Stuhlbeinen und Spielsachen und flüsterten. Es waren die Vorboten des Großen Schwarzen. Waren sie da, war er nicht weit. Ich wagte kaum noch zu atmen. Er füllte das Zimmer bis zur Decke aus, besaß winzige rote Knopfaugen und Hauer wie Elefantenzähne, die er in meine Schultern versenkte. Unter meinem Bett hausten Hexen, die mit Hackebeilchen nur darauf warteten, dass ich einen Fuß unter der Bettdecke vorstreckte. Meist verharrte ich reglos, schweißnass, bis ich dringend die Toilette aufsuchen musste und dafür meine Brüder weckte. Zu dritt gingen wir den langen Korridor hinunter. Ich fand es unerträglich, wenn ich dabei als Letzter gehen musste, weil ich fürchtete, unbemerkt weggefangen zu werden. Wer in der Mitte ging, hatte die besten Überlebenschancen.

Ich wollte nicht als Memme gelten. Außerdem schlief ich mit meinen Brüdern in einem Zimmer, ich konnte nicht verlangen, dass über Nacht das Licht angeschaltet blieb. Also erfand ich kleine Gefährten, die mir halfen. Wenn ich die Augen fest zupresste, sah ich Tausende bunter Pünktchen, und mit diesen Pünktchen unterhielt ich mich. Ich begrüßte sie wie alte Freunde, sie schwirrten vor meinen Augen umher und waren jede Nacht da, ohne Ausnahme, immer fröhlich, immer hilfsbereit.

Bei Tageslicht war ich auch nicht tapferer. Ich habe geweint, wenn etwas ungerecht war. Ich habe geweint, wenn mir etwas Angst machte oder wenn ich Angst hatte, dass mir etwas Angst machen könnte.

Als ich Lesen gelernt hatte, gaben mir meine Eltern ein Buch, ein bestimmtes Buch, immer dann, wenn ich traurig war. Es war ein großes Buch mit vielen Geschichten und Gedichten. Die Geschichten haben mich in eine andere Welt entführt, wenn ich mich selbst und meine Situation nicht ertragen konnte. Sie trösteten mich.

Nun kann man nicht immer im Leben ein Buch zur Hand nehmen, wenn es Probleme gibt. Bücher haben mich auch dauerhaft verändert, über die Lesezeit hinweg. Als ich fünfzehn war, entdeckte ich bei meinem Vater *Mere Christianity* (die deutsche Übersetzung trägt den unschönen Titel *Pardon, ich bin Christ*). Mein Vater sagte: »Das ist noch nichts für dich.« Sofort begann ich zu lesen, und entdeckte einen Autor, der mich bis heute prägt. *Mere Christianity* folgten alle anderen Bücher von C.S. Lewis.

In vielen Bereichen des Lebens haben mir Bücher

geholfen. Indianerbücher haben mich mutig gemacht. Ich bin plötzlich gern durch die Büsche gekrochen und nicht mehr jeder Prügelei auf dem Schulhof aus dem Weg gegangen. Andere Bücher haben mich gelehrt, mit Trauer umzugehen. Ich habe begriffen, dass man für etwas, das einem wichtig ist, kämpfen kann.

So ist es geblieben: Bücher berühren mich. Schon einzelne Formulierungen können mich glücklich machen. Gerade las ich Franz Werfels *Abituriententag* und habe mich an Wörtern gefreut wie »sanftäugig«. Oder an: »die große Glatze, verbeult und ausgebuchtet wie ein abgenütztes Geschirr«. Kürzlich fuhr ein Lastwagen an mir vorüber, der für die Firma »Eisenvogel« warb. Was für ein schöner Name! Solche Wörter sind für mich kostbare Funde.

Als Autor schwankt man ständig zwischen Größenwahn und Zerknirschung. Heute schrieb der Verlag, mein Roman werde parallel zur gedruckten Ausgabe auch als Hörbuch erscheinen. Ich war der Größte! Dann lehnte eine Buchhandlung ab, eine Lesung mit mir zu veranstalten. Ich stürzte zu Boden. Ein Buch geht in die vierte Auflage. Ich jubele. Ein anderes floppt, und ich halte mich sofort für unbegabt.

Damit Erfolg und Misserfolg mich nicht fortwährend in die Höhe heben und wieder niederschmettern, mache ich mir bewusst, worum es mir eigentlich geht. Die Kindheitserinnerungen helfen mir dabei. Ich weiß plötzlich wieder, dass ich Wörter liebe. Die Wörter haben mir gutgetan, und ich hoffe, dass sie auch anderen guttun werden, wenn ich sie aufschreibe.

Ich habe das Bedürfnis, mit ihnen etwas festzuhalten. Als ich fünf war, bekam ich ein kleines Notizbuch geschenkt. Ich sagte meiner Mutter: »Da schreibe ich eure Namen rein. Und wenn ihr mal gestorben seid, kann ich immer nachgucken, wie ihr geheißen habt.« Dieses Festhaltenwollen von Momenten und Bildern und Namen ist ein Teil von mir. Erlebe ich etwas Schönes, ist mein erster Impuls, es aufzuschreiben, damit ich es nie wieder vergesse. Darum beginnt mein Roman *Das Mysterium* damit, wie eine Schnecke über die Hand des Protagonisten kriecht und mit ihren feinen Raspelzähnchen an seiner Haut nagt. Darum läuft Saphira in *Die Todgeweihte* mit nackten Füßen durch ihr Zimmer, und es bleiben Sandkörner an ihren Fußsohlen haften. Es sind Dinge, die ich erlebt habe und festhalten will.

Was ich auch tue, binnen Kurzem schiebt sich Erfolgsstreben vor die Ziele, die ich hatte. Das darf ich nicht zulassen. Ich will mich daran erinnern, warum ich Dinge tue und was im Herzen meiner Unternehmung steht.

Mein Ziel beim Schreiben hat viel mit einem kleinen Jungen zu tun, der sich vor Gespenstern fürchtet und die Bettdecke bis an die Augen zieht. Bücher und gute Geschichten waren für mich die Rettung. Das gebe ich weiter.

Papier

Ich habe versehentlich ein Taschentuch mitgewaschen. Als ich die Papierflocken aus der Tasche meiner Strickjacke klaube, wird mir bewusst, welches Wunder Papier ist.

Bis ins 19. Jahrhundert verwendete man für die Herstellung abgenutzte Leinenkleider. Lumpensammler brachten sie in die Papiermühlen. Dort wurden die Lumpen in Fetzen geschnitten, einem Faulungsprozess unterzogen und anschließend in einem Stampfwerk zerfasert. Bleichte man die Fasern mit Chlor, konnte man auch farbige Stoffe zu weißem Papier verarbeiten.

Aus Bottichen mit dünnem Papierbrei schöpften Papiermacher einzelne Blätter, sie hoben sie mit einem feinmaschigen, rechteckigen Schöpfsieb heraus, drückten sie vom Sieb auf ein Filz ab und hängten sie zum Trocknen auf. Anschließend wurde das Papier nochmals gepresst und geglättet. Schreibpapier wurde zusätzlich in Leim getaucht, um die Tinte am Verlaufen zu hindern.

Ich bin froh, dass es Papier gibt. Nicht nur, weil ich es gern anfasse (befühlen Sie mal die Seite, die Sie gerade lesen, ihre Struktur, ihre Glätte), sondern auch, weil ich dankbar bin, dass es für mich die Buchstaben trägt. Es bewahrt Geschichten und gute Gedanken auf.

Wir unterschätzen das Papier! Wenn ich in Bibliotheken und Archive gehe, blättere ich mitunter in Büchern, die Hunderte von Jahren alt sind. Gäbe es kein Papier, dann wären all die Zeichnungen, Landkarten, Tagebücher und Berichte verloren, die es für uns aufbewahrt hat.

Die modernen Erfindungen, auf die wir so stolz sind, können nicht annähernd mithalten, was die Haltbarkeit angeht. CDs und DVDs verlieren ihre Daten nach spätestens 30 Jahren, USB-Sticks und Festplatten haben nur eine Lebensdauer von 5 bis 10 Jahren.

Ein Buch aber hält 300 Jahre, 500 Jahre, 1.000 Jahre. Man mag kaum glauben, dass das ein »Instagramer« sagt, aber ich fürchte, wenn wir unsere Bücher gegen das Internet eintauschen, weil uns das Blättern zu anstrengend wird, verlieren wir eine Menge.

Schön, dass Sie dieses Buch gekauft haben. Sie können es aufheben, verleihen, in drei Jahren noch einmal lesen, Stellen darin markieren. Ein Buch ist ein wertvoller Schatz.

Wenn ich mich in meinem Zimmer umschaue, begreife ich, dass ich steinreich bin. Ich lebe in einer gut gefüllten Schatzkammer. So viele Gedanken warten darauf, von mir gelesen und begutachtet zu werden, so viele Romane locken mit einem spannenden Erlebnis. Naturführer stellen mir Pflanzen und Insekten und

Fische und Spinnen vor. Ich kann über die Geschichte der Menschheit nachlesen und über die Suche nach Gott, kann von Klaviernoten Musikstücke lernen und beim Betrachten von historischen Landkarten Zusammenhänge begreifen.

Und das alles, weil vor 2.000 Jahren ein Chinese das Papier erfunden hat.

Das Geheimnis guter Bücher

»Schreiben Sie bitte noch etwas in unser Gästebuch.« Man legt mir ein Buch von enormen Ausmaßen vor. Ich bekomme Schweißausbrüche. Mit gezücktem Stift sitze ich über der Seite und weiß: Ich werde versagen. Während die Gastgeber alle anderen zur Ruhe bringen – »Seid leise! Der Genius überlegt!« –, wird mir bewusst, dass meine Niederlage auf ewig in diesem Buch bezeugt sein wird.

Schriftsteller schreiben nicht besser als die anderen. Sie überarbeiten häufiger. Schriftsteller wissen: Die erste Fassung ist Schrott.

Das ist das Geheimnis guter Bücher. Der Text wurde vielfach überarbeitet, geschliffen, gefeilt. Er wirkt leichtfüßig, als hätte ihn der Autor in einem fröhlichen Rausch niedergeschrieben. Aber glauben Sie mir, das ist bei keinem Buch der Fall. Texte brauchen eine Menge Arbeit, bis sie gut werden.

Das Schlimme ist, dass ich so viel Respekt vor Wörtern habe. Ich studiere jedes Wort auf der Milchpackung, jede noch so kleine Zutat lese ich vom Müslietikett herunter. Auch in Zeitschriften kann ich nichts überspringen, nicht einmal das Impressum, jedes abgedruckte Wort verdient es, wahrgenommen und verstanden zu werden. Meine Versuche, eine Tageszeitung zu abonnieren, wurden zur Katastrophe. Ich verbrachte ganze Vormittage damit, die Zeitung komplett zu lesen. Dadurch verlor ich die halbe Woche, die Hälfte meiner Lebenszeit. Wütend nahm ich die Zeitung aus dem Kasten, gierig und zugleich angewidert las ich sie durch, und müde brachte ich sie zum Papiercontainer. Einer wie ich darf keine Tageszeitung kaufen.

Diese enge Verbindung zu Wörtern habe ich leider auch, wenn ich selbst etwas schreibe. An guten Tagen macht das nichts, aber wenn mir ein Kapitel missrät, schleiche ich um den Manuskriptausdruck herum und kann es nicht ertragen, ihn anzusehen. Es ist mir eine Qual, die ich körperlich spüre, bis hin zum Brechreiz. Überwinde ich mich und versuche am Schreibtisch einen erneuten Anlauf, genügt es schon, ein oder zwei Zeilen zu lesen, dann muss ich aufspringen und mich vom Text entfernen, als müsste ich mich in Sicherheit bringen.

Was ist die Lösung? In der siebten Klasse gefiel ich mir in der Rolle des Verächters. Sonst waren meine Schulhefte gepflegt gewesen – in jenem Jahr waren sie zerfleddert und mit Parolen beschmiert.

So muss ich mit meinem Manuskript umgehen. Dann kann ich als lässiger, illusionsloser General die Wörter aufmarschieren lassen und die schwächsten unter ihnen abkommandieren. Ich schicke sie fort, streiche sie von der Gehaltsliste. Ganze Kompanien entlasse ich: Absätze, Szenen, halbe Kapitel, und es erfüllt mich mit Genugtuung.

Ich knicke die Seiten des Manuskriptausdrucks mehrfach und stecke sie mir schludrig in die Manteltasche. Ich gehe nach draußen, schlendere in den Park und setzte mich auf eine Bank. Dort falte ich die Seiten wieder auseinander. Wie beiläufig zücke ich den Rotstift und arbeite. Es ist nicht mehr mein eigener geschätzter Text, den ich züchtige, es ist der Text eines anderen. Rohmaterial, das geschliffen werden will.

Überhaupt ist ein Ortswechsel oft eine Hilfe. Im Café schreibe ich gleich viel entspannter. Oder in der Bibliothek, wenn um mich herum Dutzende Studenten über Büchern brüten. Am besten kann ich im Zug schreiben. Es ist keine offizielle Arbeitszeit, sondern Zeit, die ich dem Tag abluchse. Sie gehört zur Reise, aber ich stehle mir ein Stück davon zum Schreiben. Tue ich das, ist das Schreiben nicht mehr so gewichtig, es sind ja nur Notizen auf einer Zugfahrt, kein Grund, jedes Wort akribisch abzuwägen.

Das ist ein Teil des Autorenberufs: sich immer wieder Kniffe einfallen zu lassen, wie man seine Versagensängste bezähmt. Das Prinzip lässt sich auf viele Situationen übertragen. Könnte es sein, dass ich manches im Leben zu ernst nehme? Ein Zuviel an Respekt macht mich blind für ungewöhnliche, freche Lösungen. Und oft sind das die besten.

Ein Kuss nach sechzehn Jahren

1993 kam Carmen Ruiz-Perez für einen Sprachkurs nach England. Sie verliebte sich in Steve Smith und er sich in sie. Die beiden blieben ein Jahr lang zusammen, dann musste die gebürtige Spanierin nach Frankreich zurückkehren. Die Beziehung versandete. Jahrelang hatten die beiden keinen Kontakt zueinander. Aber Steve Smith konnte seine große Liebe nicht vergessen. Irgendwann schickte er ihr einen Brief an die Adresse ihrer Mutter: »Ich hoffe, dir geht es gut. Ich schreibe dir, weil ich fragen wollte, ob du jemals geheiratet oder an mich gedacht hast?«

Der Brief, noch ungeöffnet, rutschte vom Kaminsims und blieb verschollen. Erst zehn Jahre später entdeckten Bauarbeiter den Umschlag bei Renovierungen hinter dem Kamin. Sie schickten ihn an Carmen Ruiz-Perez.

Weil die 42-Jährige so nervös war, rief sie Steve Smith nicht gleich an. Es war immerhin fast zehn Jahre her, dass er den Brief geschrieben hatte, und sie wusste nicht, was er inzwischen dachte. Aber schließlich nahm sie all ihren Mut zusammen und griff zum Telefon. Steve und Carmen verabredeten sich in Paris, nach sechzehn Jahren ohne jeden Kontakt. Beim Wiedersehen am Flughafen fielen sie sich sofort in die Arme. Es dauerte keine Minute, und sie küssten sich.

Die beiden haben inzwischen geheiratet und leben nun gemeinsam in Paignton, Südwestengland. Weil Steve so mutig war, Carmen in einem Brief zu fragen, ob sie noch an ihn dachte wie er an sie. Und weil Carmen so mutig war, Steve auf einen zehn Jahre alten Brief hin anzurufen.

Erfolgsdenken

In meinem Buch *Vom Glück zu leben* habe ich über einen irreführenden Maßstab geschrieben, den wir an Dinge anlegen: Wir glauben, wenn etwas neu ist, müsse es automatisch besser sein als das Alte. »Neu« heißt, das Produkt entspricht dem Trend, es wurde verbessert und erweitert. »Neu« heißt wertvoll, »alt« heißt: zum Wegwerfen. Kommt ein neues Modell auf den Markt, sind die Vorgängermodelle plötzlich uninteressant und werden verschleudert. Dabei gibt es viel Neues, das in Wirklichkeit zum Wegwerfen ist, und Altes, das wie ein Schatz gehütet werden sollte.

Ein zweiter Maßstab, nach dem wir uns irrtümlich richten, ist der Erfolg. Chris Anderson beschreibt in *The Long Tail* unser heutiges Erfolgsdenken: »Wenn ein Film kein Hit ist, dann ist er ein Flop. Der Film hat seine wirtschaftliche Bewährungsprobe nicht bestanden und hätte deswegen gar nicht produziert werden dürfen.«

So denken wir: Gut ist nur, was populär ist und eine große Masse begeistert. Der einzige wahre Erfolg ist der Massenerfolg. Dabei sind wir blind dafür, wie absurd diese Bewertung ist. Eine Musikrichtung, die nicht den

Geschmack der Massen trifft, muss keineswegs schlecht sein. Ein Tisch, den tausend Leute hässlich finden, kann trotzdem für hundert Menschen der Traumtisch sein.

Wir aber glauben, wenn eine Sache gut ist, dann muss sie auch populär sein. Steht in der Zeitung, dass ein Film in den Kinos floppt, gehe ich sofort davon aus, dass er schlecht ist. Erst vor Kurzem habe ich aus Mangel an Alternativen einen solchen erfolglosen Film im Kino gesehen – und er war gut! *Bright Star* hat nicht einmal seine Kosten eingespielt, und offensichtlich gefällt der Film der Mehrheit der Menschen nicht. Mich aber hat er berührt und hat mir einen wundervollen Abend eingebracht.

Was entgeht mir noch alles, weil ich davon ausgehe, dass nur das Populäre gut ist? Ich habe ein falsches Gesetz verinnerlicht. Bei geringen Verkaufszahlen gehe ich von schlechter Qualität aus und übersehe dabei eine wichtige Regel: Die Menschen unterscheiden sich in bestimmten Bereichen sehr in ihren Interessen, aber das bedeutet nicht, dass diese Bereiche unwichtig oder meiner Zeit nicht würdig wären. Spezielle Interessen bedeuten einen kleinen Käuferkreis, das ist alles.

Unser Irrtum, was den Erfolg betrifft, wird bei jedem Einkauf bekräftigt. Natürlich türmen die Händler diejenigen Waren zu großen Stapeln auf, die sich schnell verkaufen lassen, weil sie dem Bedürfnis einer breiten Masse entsprechen. Daran ist nichts falsch. Nur ziehen wir die falschen Schlüsse. Wir glauben, dass diese viel verkauften Filme, Musikalben, Bücher und Nahrungsmittel die besten sein müssen, sonst wären ja nicht so viele Menschen davon begeistert.

Auch das Internet ist gleichmacherisch, Google bringt die beliebtesten Websites nach oben. Was ungewöhnlich ist, was neue, fremde Ideen aufwirbelt, wird ans Ende der Liste verbannt, denn es findet nicht – wie andere Angebote, die dem momentanen Mainstream entsprechen – rasch Hunderttausende Nachfolger. Wir fangen an, »populär« mit »wichtig« zu verwechseln.

Dabei brauchen wir Eigeninitiative und Begeisterung auch für Abseitiges. Lassen wir uns nicht blind machen. Halten wir die Augen auf für das Ungewöhnliche!

Gleichgültigkeit und Langeweile machen unglücklich. Gleichförmigkeit macht unglücklich. Wir müssen es wieder erlauben, dass sich jemand für etwas begeistert, dass er leidenschaftlich für eine Idee brennt. Was begeistert mich? Was tue ich gern, wofür will ich kämpfen? Mir macht schon die Frage Spaß. Um wie viel mehr die Antwort.

Wo die Sonne scheint

In wenigen Tagen steht eine Auslandsreise bevor. Ich arbeite gegen die Uhr an: suche ein Hotel, vereinbare Termine, beantworte E-Mails, die nicht bis nach der Rückkehr liegen bleiben dürfen. Dann trete ich für einen Gang zum Briefkasten aus dem Haus und bin verblüfft. Die Zeit vergeht hier draußen viel langsamer als in meinem Zimmer. Ruhig ziehen die Wolken über den Himmel. Grillen zirpen. Der Wind rauscht in den Baumwipfeln. Ich bleibe fasziniert stehen. Wie dumm ich doch bin!, denke ich. Ich selbst mache mir den Stress. Er wäre nicht notwendig. Vieles, das ich hektisch erledige, könnte problemlos warten oder gar abgesagt werden. Da ist niemand, der mich vorwärtspeitscht – außer mir selbst.

Es genügt, dass mir die Sonne ins Gesicht scheint, und ich merke wieder, wo ich hingehöre und wie das Leben eigentlich gedacht war.

Ich wende mich der Sonne zu, die da über das blaue Himmelsmeer zieht. Dieselbe Sonne scheint über Afrika, sie leuchtet in Schwedens Fjorde, lässt das Wasser der Arktis glitzern, küsst den Raureif Sibiriens. Diese Sonne, die mir auf die Wangen strahlt, wärmt den Affen den Pelz, die hoch oben in ihren Bäumen Fruchtfleisch kauen. Sie strahlt einem Fischadler auf den Rücken, der über eine Bucht Alaskas segelt. Sie verschwendet ihre Kraft auf die endlose Weite der Ozeane, leuchtet auf die schneebedeckten Gipfel des Himalaja und brennt auf den schwarzen Haarschopf eines Chinesen nieder, der ein Reisfeld bewässert.

Vernachlässige ich nicht die Zeitverschiebung? Da ist er wieder, mein Verstand, der rechnen und in Kästchen einordnen will und sich dem Takt der Uhren ergeben hat. Aber bevor ich das romantische Bild zerreiße, prüfe ich rasch, ob die Kritik stimmt. In Wahrheit ist mein Sonnenaugenblick tatsächlich der Sonnenaugenblick von Menschen in weit entfernten Ländern. Bei mir ist es Mittag. Das heißt, in diesem Moment geht die Sonne über Peru auf, ergießt ihr Neun-Uhr-Licht über Grönland, heizt mit Nachmittagskraft Indien auf, bestrahlt die Mongolei und taucht Australien in rotes Abendlicht. Die Kleinigkeiten, die mich in Hektik bringen, sind ein Sandkorn auf dieser Erde; kein Gebirge, nur ein Sandkorn.

Charles Darwin erzählt in seiner Autobiografie davon, wie er als junger Mensch Käfer sammelte. Er kannte in Cambridge und Umgebung viele gute Plätze, alte Bäume, Pfähle, wo er auf seltene Exemplare hoffen konnte. Eines Tages riss er ein Stück alter Borke von einem Baumstamm ab und sah zwei ausgefallene Käfer. Er fing sie und hielt in jeder Hand einen fest. In diesem

Moment sah er einen dritten Käfer von einer neuen Art, den er sich nicht entgehen lassen konnte. Also steckte er sich den Käfer, den er in der rechten Hand hielt, in den Mund, um nach dem neuen Insekt zu greifen. Das Tier verspritzte jedoch im Mund ein beißendes Sekret. Darwins Zunge brannte, er bekam einen Hustenanfall, spuckte das Insekt aus und verlor auch den Käfer, den er in der Hand mit nach Hause nehmen wollte.

Wir wollen so viel aus dem Leben machen. Wir versuchen, allem auf uns Einströmenden gerecht zu werden, jede Chance zu nutzen. Aber in diesem verzweifelten Kampf verlieren wir letztendlich mehr, als wir gewinnen.

Wir vergessen unermessliche Schönheiten, während wir vor Papierknäueln niederknien. Diese Welt ist groß. Hören wir auf, sie für klein und berechenbar zu halten. Auch ein einzelner Tag ist groß. Und ich habe Zeit, mir die Sonne ins Gesicht scheinen zu lassen. Zeit, mit Gott und mir selbst Frieden zu schließen.

Die Hummel

Im Sommer lag auf dem Fußboden im Hausflur eine Hummel. Sie lebte noch, aber sie konnte sich kaum mehr bewegen. Sicher war sie durchs Kippfenster ins Haus geflogen und hatte nicht mehr nach draußen gefunden. Ich habe sie ins Freie gesetzt und bin wieder in die Wohnung gegangen. Toll, jetzt stirbt sie also unter freiem Himmel, dachte ich. Sie sollte leben! Ich nahm einen Löffel Honig, benetzte den kleinen Finger mit Wasser und ging wieder hinaus zu ihr. Das Wasser wollte sie nicht, aber als ich ihr den Honiglöffel hinhielt, öffneten sich die kleinen Mundwerkzeuge. Die Zunge kam heraus und schleckte Honig. Ich vermischte den Honig mit Wasser, damit sie ihn besser trinken konnte. Hummeln haben eine lange rote Zunge, es war das erste Mal, dass ich sie sah. Je länger die Hummel Honig fraß, desto aufgeregter wurde sie. Sie fing an zu zittern, und ihr Hinterleib pulste. Ist es das Herz, das wieder kräftiger schlägt, oder die Atmung?, fragte ich mich.

Irgendwann hörte die Hummel auf zu fressen. Sie saß noch einige Momente still da, dann flog sie los. Julia schrieb mir eine Mail, um mir das Pulsen des Hummelleibs zu erklären:

»Als du die Hummel gefüttert hast, sind wahrscheinlich wirklich ihre Lebensgeister wieder erwacht. Sie hat zwar ein Herz und Blut, allerdings erfüllen diese nicht die gleichen Funktionen wie bei Säugetieren. Als die Hummel mit ihrem Hinterleib gepumpt hat, hat sie tatsächlich geatmet. Insekten haben sogenannte Tracheen als Atemsystem. Das sind fein verzweigte Röhren, die den ganzen Körper durchziehen. Durch dieses Röhrensystem pumpen die Hummeln dann die Luft, indem sie den Hinterleib immer wieder zusammenpressen. Da sie kein Blut haben, das den Sauerstoff transportiert, müssen sie es eben so machen. Hummeln haben zwar Blut, allerdings transportiert es nur Nähr- und Abfallstoffe. Was ich an den Tracheen noch spannend finde: Wenn sich Insekten häuten, dann häuten sie jede der feinen Tracheen mit. Das ist schon eine Leistung. Dieses Tracheensystem muss man sich wie unser Adersystem vorstellen. Die Öffnungen am Hinterleib, wodurch die Luft herein- bzw. herausgelassen wird, heißen übrigens Stigmen.

Ein weiterer sehr interessanter Punkt sind die Flügelherzen. Fluginsekten haben an den Ansätzen der Flügel jeweils eine kleine Pumpe, das sogenannte Flügelherz, die das Insektenblut in die Flügel pumpt. Antennen und Beine habe auch jeweils eine eigene Pumpe, also ein eigenes Herz.«

Erstaunlich, oder? Ein pelziges kleines Tier, und es ist so faszinierend. Die Hummel hat mich berührt. Ich war erkältet, hatte fast keine Stimme und sollte am Abend in Northeim aus dem *Mysterium* lesen. Außerdem sollte ich die Leseprobe des neuen Romans fertigstellen und konnte nichts Gutes zu Papier bringen. Der Tag war ein Misserfolg. Trotzdem war ich glücklich. Ich hatte ein kleines pelziges Geschöpf gefüttert, und es flog wieder.

Eine künstliche Nahrung, die nicht satt macht

Auf der Welt leben immer mehr Menschen. Seit 1970 hat sich die Weltbevölkerung verdoppelt. Dabei zeichnet sich ein interessantes Phänomen ab: Wir isolieren uns voneinander.

Wir kommunizieren mehr – und gleichzeitig weniger. Über Twitter, Instagram, Snapchat und Facebook reden wir den ganzen Tag mit mehr Gesprächspartnern als je zuvor. Am liebsten würden wir dauerhaft online bleiben, um keine Mail zu verpassen und keinen Tweet, keinen neuen Blogeintrag und keine Notiz bei Facebook zu übersehen.

Wir bekämpfen die Einsamkeit mit zahlreichen oberflächlichen Beziehungen. »Freunde« in den Social Networks des Internets sind nicht das Gleiche, was Freunde früher einmal waren. Menschen tragen sich im Internet in unsere Freundesliste ein, und wir denken verunsichert: Ist das ein Freund? Ich kenne ihn kaum! Trotzdem klicken wir auf »akzeptieren«. Die lange Liste beruhigt uns, wir können ja gar nicht allein sein, da stehen doch fünfundachtzig Freunde an unserer Seite, immer, wenn wir den Computer einschalten.

Tiefe Freundschaften sterben aus, und vielleicht wollen wir sie auch gar nicht mehr haben. Uns ängstigt, dass wir gebraucht werden könnten, wenn es uns gerade nicht passt – eine echte Freundschaft schaltet man nicht mit dem Computer aus. Uns ängstigt, dass wir uns auch einmal zeigen müssten, wenn wir schlecht gelaunt sind. Der Freund könnte unsere Schwächen erkennen, die wir im Internet so gekonnt verbergen. Unseren Facebook-Auftritt füttern wir mit halbwahren Informationen, bis wir für den gehalten werden, der wir gerne wären. Das wahre Ich zeigen wir nicht mehr, wir trauen niemandem zu, uns auszuhalten.

Würde uns ein wirklicher Freund überhaupt mögen? Wir lassen es nicht mehr darauf ankommen. Die Maske des virtuellen Lebens versteckt und beschützt uns. Wir sind sehr verletzlich geworden. Sollte uns doch einmal jemand kritisieren oder ungerecht behandeln, müssen wir keine Versöhnung mehr erarbeiten, sondern können ihn einfach von der Freundesliste löschen und mit ein paar Klicks jeden künftigen Kontaktversuch unterbinden.

Das Internet beschleunigt mühsame Aufgaben und gibt mir Macht, aber es lässt mich gleichzeitig innerlich verhungern, wie eine künstliche Nahrung, die nicht satt macht. Ich treffe virtuell ein Dutzend Leute und sehne mich immer noch nach einem Gespräch, nach einem gemeinsam verbrachten Abend.

Seitdem ich das bemerkt habe, treffe ich Freunde wieder öfter live und verabrede mich, anstatt nur zu mailen. Ich fahre häufiger nach Berlin, wo die meisten meiner Freunde leben. Mir geht es besser damit. Ich habe Freunde, die mich auch schlecht gelaunt kennen und mich trotzdem mögen, solche, die mich anrufen, wenn sie Hilfe brauchen, und die ihrerseits mich in schwierigen Zeiten unterstützen.

Diesen Schatz möchte ich pflegen. Tiefe, lebenslange Freundschaften sind das Heilmittel zur virtuellen Welt allein zu Hause vorm Computer.

Ich verstehe das Leben nicht

Manchmal fahre ich schwarz. Nicht absichtlich. Wenn ich am Zielort ankomme, stempele ich nachträglich – weil ich die Verkehrsgesellschaft nicht um ihre Einnahme betrügen will, ich war einfach nur vergesslich. (Einmal hatte ich auch das nachträgliche Stempeln vergessen und habe es am nächsten Tag nachgeholt, indem ich gleich zwei Fahrscheine stempelte. Es gab eine Kontrolle, und ich zeigte grinsend meine Fahrkarten: »Ich hab sogar zwei!« Die Kontrolleurin hat sicher gedacht, ich habe nicht alle Tassen im Schrank.)

Diese Woche wurde ich erwischt. Ich hatte die Hinfahrt gestempelt, bei der Rückfahrt hatte ich's vergessen – und musste 40 Euro bezahlen. Außerdem wurde ich auf der Autobahn geblitzt, es war unverständlicherweise auf 100 runtergedrosselt worden, keine Baustelle, gar nichts, und wir sollten 100 fahren; ich fuhr 120, und hinter einer Brücke, ganz fies, stand der Blitzer. Ebenfalls diese Woche hatte ich vor der Autowerkstatt geparkt und den Autoschlüssel abgegeben, damit mir die Winterräder aufgesteckt wurden. Noch bevor die Automechaniker das Auto reinholen konnten – es ging um Minuten – hatte ich einen Strafzettel an der Scheibe.

Ich bin ein geduldiger Mensch, aber da fing ich an, mich zu ärgern. Überall erzählte ich, mal wütend, mal mit Galgenhumor, von meinen drei Strafgebühren. Was für eine Woche!

Heute Abend lernte ich K. kennen. Sie war gerade für ein Jahr auf den Philippinen, hat sich dort um Straßenkinder gekümmert und sich in einen Mann verliebt. Er verliebte sich ebenfalls in sie, sie schlossen Freundschaft. Jetzt ist sie wieder hier, weil er erschossen wurde. Sie sagt es ohne Tränen in den Augen, sie bleibt ruhig dabei, ihr Gesicht eine Mauer. Trotzdem springt mich eine fürchterliche Erschütterung an, ein Entsetzen, sosehr sie ihren Schmerz auch zu verbergen sucht.

Ich denke an meine Strafzettel. Das Leben ist absurd in seiner Weite und in seiner plötzlichen Enge, für K. Meine Strafzettel sind Monopolygeld, während sie bare Münze bezahlen muss. Meine Alltagssorgen, die mich so schwer bedrücken, sind Kieselsteine in der Hosentasche, und sie schleppt einen Betonblock. Ich fühle, dass ich Teil von diesem Leben bin, ich bin im selben Haus, auch wenn mich Tausende Kilometer von den Philippinen trennen. Ich lebe auf einem Planeten, dessen Bewohner hingerichtet werden, ermordet, vernachlässigt, wo Menschen einsam sind, wo sie verzweifeln. Mal ist das Leben eine zarte Pflanze in Geschenkpapier, die Knospen kurz vor der Blüte, und mal eine Stange

Dynamit, die einem die Hand wegreißt, wenn man sie auspackt.

Über all dem steht Gott. Ich begreife es nicht. Ich weiß nicht, wie er es aushält, dass für manche dieses Leben ein Desaster ist. Und ich weiß nicht, ob ich es aushalten würde, wenn mein Geschenk eine Zündschnur hätte.

Ich muss an Jörgen denken, den ich neulich angerufen habe. Er klang seltsam am Telefon, so verletzlich. »Weißt du, wo ich bin?«, hat er gefragt. Seine Stimme war schwach.

»Wo denn?«, sagte ich verunsichert.

»Ich bin im Krankenhaus. Hatte einen Zuckerschock. Ich bin dem Tod gerade noch mal von der Schippe gesprungen.«

Weil ich nichts zu sagen wusste, habe ich ihm Fragen gestellt. Ob er allein im Zimmer sei. Nein, sagte er, ein älterer Herr sei außer ihm darin untergebracht. Ob das Wetter in seinem Ort besser sei als bei mir, ob ein wenig die Sonne ins Fenster scheine. Nein, antwortete er, auch bei ihm sei es ein kalter, regnerischer Tag.

Und dann sagte er: »Weißt du, Titus, ich bin dankbar für jeden Tag, den ich noch lebe.« Da war keine Anklage in seinen Worten. Er sagte es sanft. Glücklich. Die Weisheit eines alten Mannes, in all seinem Leiden: eine friedliche Güte, die mich wie ein Wunder ankam. Er war tatsächlich dankbar dafür, am Leben zu sein.

Meine drei Strafzettel sind immer noch da. K.s Freund

auf den Philippinen ist tot. Jörgen ist im Krankenhaus. Und ich bin erschüttert. Ich habe heute verstanden, dass das Leben nicht selbstverständlich ist. Es ist ein vertracktes Rätsel. Ein kosmisches Wunder. Es ist zugleich ein Entlangschrammen am Tod und ein Wachsen und Entfalten. Es ist Krieg. Es ist ein Sommernachmittag. Ich verstehe es nicht. Will es wieder vorsichtiger in die Hände nehmen.

Spatzenschwärme und tanzende Blätter

Ich stehe am Bahnsteig und warte auf den Zug. Wie alle anderen Erwachsenen bin ich in Höflichkeitsstarre verfallen. Ich spreche niemanden an, sehe niemandem in die Augen, mein Blick wandert brav von der Uhr zum Gleis und zurück, und dabei stehe ich regungslos auf meinem Platz, mit einigen Metern Abstand zum nächsten Reisenden. Wir lassen uns nicht anmerken, dass wir uns gegenseitig wahrnehmen.

Da wirft ein Fünfjähriger die Bahnsteigordnung durcheinander. Er geht zur nächsten Mülltonne, beugt sich über ihren Rand und guckt hinein. Seine Mutter nimmt ihn an der Schulter und zieht ihn zurück. »Lass das!« Er reißt sich los und rennt zu einer weiter weg gelegenen Mülltonne. Auch dort schaut er hinein. Beinahe verschwindet sein Kopf darin. Er holt nichts heraus, er ist einfach nur neugierig. »Das ist ekelhaft, lass es!«, ruft seine Mutter empört.

Ich muss schmunzeln. Es gehört zu unserer angelernten Konvention, dass wir uns für den Müll nicht interessieren. Wir haben höchstens ein mitleidiges Lächeln übrig für den Menschen, der mit einem orangefarbenen

Elektromobil vorfährt und die Bahnsteig-Mülltonnen ausleert. Aber dieses Kind! Es stellt sich vor Neugier auf die Zehenspitzen und guckt, was die Leute so weggeworfen haben.

Kinder stellen noch Fragen. »Warum lebt da eine Maus unter den Gleisen?« »Wieso geht die Uhr nicht rückwärts?« »Warum ist der Zug rot?« Kinder staunen. Kinder beobachten viel genauer als wir, die wir meinen, schon alles gesehen und begriffen zu haben.

Wir dürfen das Staunen nicht verlieren. Wir müssen uns berühren lassen von dem, was wir sehen. Unsere Seelenhaut darf nicht taub und abgestumpft sein, sie muss einen feinen Tastsinn haben.

Auf der Straße lag eine Kastanie. Ich hob sie auf und umschloss sie mit der Faust, fühlte ihre angenehme glatte Härte. Ich öffnete die Faust und besah die Kastanie. Aus diesem braunen Stück mit dem weißen Fleck wird einmal ein Kastanienbaum wachsen, dachte ich. Ein Wunder.

Überhaupt ist der Herbst zauberhaft. Das Laub fällt auf die Straße, und den Autos fliegt beim Fahren ein Schweif von gelben und roten Blättern nach, wie von Magie, die Blätter tanzen ihnen hinterher. Ich mag auch die Luft. Zu keiner anderen Jahreszeit atme ich so tief ein wie im Herbst, die erdige Frische füllt meine Lungen bis in den letzten Winkel. Der Himmel scheint weiter weg zu sein, er ist weit aufgespannt. Spatzenschwärme werfen sich in den Wind.

Eine Welt ohne Tiere?

Ich stelle mir vor, von einem Tag auf den anderen wären alle Tiere verschwunden. Kein Amselgesang am Morgen, sondern völlige Stille. Keine Katze, die um meine Beine streicht. Keine Rehe auf dem Feld. Kein tschilpender Spatzenschwarm. Keine Ameisen, die ich mit Kekskrümeln füttere. Kein Bussard am Himmel. Kein Marienkäfer zum Punktezählen. Keine Spinne. Kein Hund im Park, der wild über die Wiese tollt. Keine Schafherde. Keine Fische im Bach.

Wenn ich mir das ausmale, bin ich plötzlich heilfroh, dass die Tiere da sind. Wie oft geben sie mir Grund zum Lächeln. Sie wecken Ehrfurcht in mir (vor allem die größeren und die giftigen). Ich beobachte sie gern und staune über sie.

Verblüffend, dass wir Dinge in unserer Umgebung in ihrer Bedeutung dermaßen unterschätzen.

Bei Verwandten auf dem Land wollte ich die Hühner besuchen. Ich ging auf ihren Hof. Hühner und Hahn umringten mich neugierig. Ein Huhn fand die Schnürsenkel meiner Schuhe und zog daran, bis sich die Schleife aufgelöst hatte. Da ging wildes Picken los. Zehn Hühner packten im Wechsel das Schnürsenkelende – einen vermeintlichen Regenwurm – und zogen daran. Ich riss das Band immer wieder los, lachte lauthals und tanzte von einem Bein aufs andere inmitten der Hühnerschar. Sie reckten die Hälse und fassten mit den Schnäbeln nach den herabhängenden Senkeln. Ich ging einen Schritt. Sofort waren sie wieder um mich. Durch das Wildleder der Schuhe spürte ich ihre Schnabelhiebe, sie kitzelten und waren doch ein wenig grob, ich war mir plötzlich nicht mehr sicher, ob die Hühner den Angriff ernst meinten oder selbst fröhlich Theater spielten.

Pferde! Wie könnte ich die Pferde vergessen! In meinen Augen sind sie die anmutigsten Tiere auf dieser Erde. Sie haben von Gott Schönheit erhalten. Ich könnte sie mir stundenlang ansehen.

Am Beispiel der Pferde lerne ich, eine weitere Eigenschaft der Tiere zu schätzen: Wir können in Beziehung zu ihnen treten und sie zähmen. Manche Tiere beginnen, uns zu vertrauen, und es entsteht eine echte Freundschaft.

Kürzlich habe ich eine rührende Geschichte über ein Pferd namens Toscana gehört. Die Stute ist erblindet, sie sieht nur noch schemenhaft hell und dunkel und findet nicht einmal mehr von der Weide herunter. Drei Frauen teilen sich das Versorgen des Tieres. Das Erstaunliche ist: Toscana vertraut ihren Reiterinnen so sehr, dass sie sich blind von ihnen durchs Gelände reiten lässt. Nicht nur im Schritt, sondern auch in Trab und Galopp!

Ohne zu sehen, wohin es geht, durch die Landschaft zu galoppieren – ich weiß nicht, ob es einen größeren Vertrauensbeweis gibt. »Wir sind jetzt ihre Augen«, sagte mir eine der Reiterinnen. »Früher haben wir uns beim Reiten zur Seite gedreht und uns unterhalten. Jetzt schauen wir aufmerksam nach vorn. Toscana sieht ja nichts mehr und braucht uns. Sie reagiert auf die feinsten Signale.«

Ich will die Gegenwart der Tiere in Zukunft genießen. Statt mich über das laute Vogelzwitschern am Morgen oder den bellenden Hund des Nachbarn zu ärgern, will ich begreifen: Es ist gut, dass sie da sind.

Kluge Rehe

Vor ein paar Wochen war ich mit meinem Bruder im Wald und habe Rehe beobachtet. Ich staunte, dass sie uns relativ nah herankommen ließen, bevor sie sich – nicht panisch, sondern mit lässigen Sprüngen – entfernten. Jetzt weiß ich, warum. Ich habe gestern in einem Hotel mit Peter Wohlleben am Mittagstisch gesessen. Peter ist Förster. Ich dachte, das ist die Gelegenheit, um zu fragen, ob es Förster manchmal nervt, wenn man die Wege im Wald verlässt und zwischen den Bäumen entlangspaziert, weil man damit ja die Tiere erschreckt.

Das störe überhaupt nicht, hat er gesagt. Und es sei auch kein Stress für die Tiere. Die Rehe hätten uns nämlich sofort als Spaziergänger identifiziert: Wir waren laut, also waren wir keine Gefahr. Aus diesem Grund hätten sie uns unbesorgt nahe an sich herangelassen. Was die Tiere unter Stress setze, sagte er, seien die Jäger. Da würden sie schon auf weite Distanz hin fliehen. Ich lernte von Peter, dass Rehe sogar die Autos der Jäger am Motorgeräusch erkennen. Die Tiere können einen VW Golf vom anderen VW Golf unterscheiden, weil der Motor nicht gleich klingt. Kommen die Jäger, fliehen sie sofort. (Deshalb leihen sich manche Jäger fremde

Autos, wenn sie zur Jagd in den Wald fahren.) Ich war beeindruckt. Dass die Tiere den Unterschied zwischen Spaziergängern und Jägern begreifen und uns sofort einordnen – der ist keine Gefahr, der geht hier nur spazieren –, hätte ich nicht gedacht.

Wenn ich mir vorstelle, dass einmal Kinder auf die Welt kommen, und es gibt keine Eisbären mehr, keine Tiger und keine Nashörner (alle drei Tierarten sind vom Aussterben bedroht), dann erfüllt mich Bedauern. Jeden Tag sterben laut Statistik rund 150 Tier- und Pflanzenarten aus. Nach Berechnungen der Umweltorganisation WWF ging die biologische Vielfalt auf der Erde zwischen 1970 und 2005 um 27 Prozent zurück. Das heißt, wir haben in nur 35 Jahren ein Viertel unserer Tier- und Pflanzenarten verloren.

Manchmal gelingt uns eine Kehrtwende. Der Bestand der Amur-Leoparden hat sich erholt, es gibt mittlerweile wieder rund achtzig Tiere. Vom Java-Nashorn leben nur noch 60. Das ist alles weit weg, da fühlen wir uns nicht verantwortlich. Aber auch in Deutschland sterben Tiere aus, jede dritte Wirbeltierart in unserem Land ist gefährdet und steht auf der Roten Liste. Angela Merkel musste zu Beginn des Jahres 2010 eingestehen, dass es bisher nicht gelungen sei, das Artensterben in Deutschland aufzuhalten.

Für einige Tierarten gibt es Hoffnung. Im Bayerischen Wald und im Harz leben wieder Luchse. Und in der Elbe schwimmen Biber. Das ist gut. Die Kinder, die dieses Jahr zur Welt kommen, sollen nicht eines Tages in schweigenden, toten Wäldern spazieren gehen – sie sollen genauso viel zu entdecken haben wie ich.

Witzige Namen

Deutschland gehört zu den Ländern mit den meisten unterschiedlichen Nachnamen. Es gibt bei uns mehr als 900.000 Namen. In China teilen sich 1,3 Milliarden Menschen nur 400 Familiennamen. Wie halten sich die Chinesen überhaupt auseinander? Gibt es als Ausgleich mehr Vornamen? Ich möchte nicht im chinesischen Telefonbuch nach jemandem suchen müssen.

Vielfalt ist toll.

Kürzlich signierte ich einer Frau ein Buch, die hieß Erika Steinkrake. Ein fantastischer Name! Den könnte sich ein Autor nicht besser ausdenken.

Und nicht nur Namen faszinieren mich, nein, auch alle anderen Arten von Wörtern. Manche Bücher lese ich, auch wenn die Geschichte mich nicht fesselt: nur wegen der Worte. Die Art, wie der Autor die Worte arrangiert und für welche schönen und seltenen Exemplare er sich entscheidet, macht mir Freude. Alfred Döblin ist so ein Künstler der Worte, dessen Romane ich allein der Sprache wegen lese.

Bin ich in guter Stimmung, achte ich auch im Alltag bewusst auf schöne Namen und neue Wörter. Man wird nicht zufällig ein Entdecker. Man wird es dann, wenn man sich auf die Suche begibt. Und es gibt da draußen viel zu entdecken …

Wir lieben ein schweres Leben

Warum hört man eigentlich nie jemanden sagen: »Ich hab's zur Zeit so richtig leicht. Die Arbeit geht mir gut von der Hand, meine Ehe macht mich glücklich und ich genieße meine freie Zeit.« Warum sagt das keiner? Stattdessen sitzen wir abends am Küchentisch und versuchen, uns gegenseitig damit zu übertrumpfen, wie schwer wir es haben. Einer erzählt ein Problem, und dann sagt der nächste, dass er einen viel größeren Berg erklimmen muss. Der dritte lacht nur düster und erklärt, so leicht hätte er es gerne! Er sei aus diesen und jenen Gründen nahe am Nervenzusammenbruch. Alle nicken, Mitgefühl und Bewunderung im Gesicht. Und ich, versucht der Erste es noch einmal, ich hatte einen Hörsturz!

Dass wir es manchmal schwer haben, wundert mich nicht. Aber ich bin verblüfft darüber, dass wir so stolz darauf sind. Wer sich zu viel auflädt und unter der Last beinahe zusammenbricht, wird als Vorbild hingestellt. Wer sich mit einer gesunden Arbeitslast begnügt und den Rest der Zeit das Leben genießt, den verdächtigen wir der Faulheit und verachten ihn.

Wir klagen gerne: »Ich hab's so schwer! Ja, wenn ich es leicht hätte wie der, aber der hat ja auch mehr Zeit ... und Beziehungen, die er spielen lassen kann.«

Wollen wir das denn überhaupt haben: Zeit und Beziehungen? Ich wage zu behaupten, dass wir das gar nicht wollen. Wann habe ich zuletzt jemanden um Hilfe gebeten? Es ist mir doch lieber, alles allein zu stemmen. Hilfe anzunehmen kommt mir wie Schwäche vor, und Schwäche möchte ich vor niemandem zeigen.

Wann habe ich zuletzt meine freie Zeit beschützt? Jemand, der »mehr Zeit hat«, hat sie nur deshalb, weil er sie nicht anfüllt mit Terminen, Verabredungen, Pflichten. Wenn ich über mein Jahr nachdenke, fällt mir auf, dass ich Dinge mit viel Kraftaufwand betrieben habe, die eigentlich wenig bewirken. Sie haben weder mich noch andere Menschen glücklicher gemacht – und wenn, dann nur um eine Winzigkeit. Der wahre Grund für meinen Aktivismus war, dass ich mich wichtig fühlen wollte. Stattdessen hätte ich in der Sonne spazieren gehen sollen.

Und das Geld? Fernsehsendungen, spezielle Bücher und Zeitschriften bringen uns bei, wie wir Geld sparen können, wie wir Steuern umgehen, Zinsen einheimsen und Sonderangebote finden. Aber die Schnäppchenjagd bringt uns Stress ein. Ich kaufe billig Dinge und ärgere mich hinterher darüber, dass sie nichts taugen. Ich hetze durch die Stadt von Laden zu Laden, um ein paar Cent zu sparen, und verschleudere dabei meine Gesundheit, denn während mein Herz sich wegen eines verpassten Angebots verkrampft, hätte ich auch zu Hause ein Entspannungsbad nehmen oder auf einer Parkbank ein Buch lesen können.

Das Lebensideal, von dem ich rede – ein entspanntes, glückliches Leben und Zufriedenheit mit dem, was ich habe –, deckt sich nicht mit dem Lebensziel, das ich ganz offensichtlich verfolge: eine überhöhte Arbeitslast, um jede Minute auszunutzen und Ansehen zu erlangen.

Es ist Zeit, die beiden abzugleichen. Was will ich wirklich im Leben? Ist das höhere Ansehen es wert, dafür Jahre oder gar Jahrzehnte über die Arbeitslast zu gehen, die ich eigentlich verkrafte? Will ich ständig »am Limit« entlangschrammen? Das Mitgefühl und die Anerkennung der anderen sind ein Anreiz, aber das Ächzen meiner Seele unter dem ständig überhöhten Druck ist zugleich ein hoher Preis.

Der vierfache Pulitzer-Preisträger Robert Frost brachte es humorvoll auf den Punkt: »Wenn Sie getreulich acht Stunden am Tag arbeiten, werden Sie vielleicht irgendwann zum Chef und dürfen täglich zwölf Stunden arbeiten.«

Ich stöhne, dass ich ausgeliefert bin. Aber bin ich das wirklich? Insgeheim habe ich selbst das Steuer meines Lebens in der Hand, und könnte sehr wohl in ruhigere Gewässer fahren. Das will ich lernen: Zeit für Entspannung zu »verschwenden« und für die schönen Dinge im Leben.

Eisenkästen im Weltall

Wir Menschen gewöhnen uns an die merkwürdigsten Dinge. Zum Beispiel daran, erst die Straße zu überqueren, wenn ein grünes Licht angesprungen ist. Diesem Licht vertrauen wir und meinen: Es kann gar kein Auto kommen, wenn es leuchtet. Wir gewöhnen uns an Lederhüllen für unsere Füße. An kleine Plastikscheibchen, die wir aus einer Flüssigkeit nehmen und sie uns in die Augen drücken. Wir gewöhnen uns an Fäden, mit denen wir die Zahnzwischenräume reinigen. (Erinnern Sie sich daran, wie seltsam es beim ersten Mal war?) Wir gewöhnen uns an die zarte Berührung zweier Münder. Wir gewöhnen uns daran, dass uns mit Elektronik vollgestopfte Eisenkästen aus dem Weltall helfen, das Auto in die nächste Stadt zu steuern. Wir gewöhnen uns daran, Texte in den Computer zu tippen und sie durch Glasfasernetzwerke in weit entfernte Städte zu schicken, in der Erwartung, dass sie binnen Minuten dort ankommen. Wir gewöhnen uns an hauswandgroße bunte Plakate, die uns auf plumpe Art animieren, ein Produkt zu kaufen. Wir gewöhnen uns daran, in ein Stadtgebiet zu spazieren, in dem in Hunderten Käfigen Tiere zur Schau gestellt sind.

Und an Gott.

Katrin, eine Freundin von mir, ist Erzieherin in einem Kindergarten. (Ein lustiges Wort: Kindergarten. Als würden dort Kinder in Beeten gedeihen.) Katrin stellt jeden Tag mit den Kindern einen Stuhlkreis. Dann geht das Gedrängel los, jeder möchte neben seinem Freund sitzen. Vor Kurzem blieb ein Stuhl frei, die Kinder hatten einen zu viel in den Kreis geholt. Ein Junge schlug vor: »Da könnte doch Gott sitzen.«

»Ja, wenn er das möchte, kann er sich da hinsetzen«, sagte Katrin.

Noch einmal ging das Gerangel los, Kinder wollten auf andere Plätze. Als endlich Ruhe einkehrte, weinte der Junge, zeigte auf den leeren Stuhl und sagte: »Aber ich wollte doch neben Gott sitzen!«

Kann Gott auf einem Stuhl sitzen? Kann er sich überhaupt so klein machen? Und will er neben diesem Jungen im Kindergarten sitzen?

Wir begreifen mit Erschrecken, dass wir von Gott wenig wissen, dass wir ihn nicht verstehen. Das ist ein gesunder Gedanke. Er macht uns bewusst, dass wir Gott völlig zu Unrecht bei den Alltagsgegenständen einsortiert haben.

Er ist der Herr der Welten. Durch seine verblüffenden Kräfte brauchen wir keine technischen Hilfsmittel, um mit ihm zu reden, kein Handy, keinen Computer – er hört uns sogar dann, wenn wir das Gespräch nur denken. In einem Science-Fiction-Film würde man sagen, dieses Wesen ist ein Telepath, es besitzt telepathische Fähigkeiten. Wenn es nur das wäre! Das Wesen kann Materie erschaffen. Es kann die Zeit anhalten. Es formt neue Lebewesen und gibt ihnen die Macht, Gefühle zu empfinden und Maschinen zu bauen, Kinder zu zeugen und über Ozeane zu reisen. Gott ist in der Lage, Tote wieder aufzuwecken. Er baut Städte, regiert über Hunderte Planeten, spricht gerechte Urteile – und verträgt es trotzdem, wenn man an ihm zweifelt.

Dieser Gott empfindet Liebe zu uns. Ein Kind, das ihm den Stuhl freihält, hat das Wichtigste begriffen.

Probleme einweichen

Meine zwei Brüder und ich waren nicht besonders fleißig, was die Arbeit im Haushalt angeht. Unserer Mutter erschien es manchmal leichter, etwas gleich selbst zu erledigen, als uns hinterherzulaufen und an das Erfüllen einer auferlegten Pflicht zu erinnern. So kommt es, dass wir fast nichts getan haben zu Hause. Noch heute ist es so, wenn ich die Eltern besuche: Ich falle in die Rolle des Umsorgten zurück und beobachte, wie meine Mutter Essen zubereitet, abräumt und abwäscht, während ich faul herumsitze.

Als Kind habe ich einmal – um den Eltern eine Freude zu machen – abgewaschen. Schon damals war ich ein Schubladendenker und ein ordnungsliebender Mensch, genauso sah meine Abwaschmethode aus. Ich tat einen Löffel ins Wasserbecken, reinigte ihn und legte ihn beiseite. Ich räumte einen Teller ins Becken, reinigte ihn und legte ihn beiseite. Immer so weiter, ein Ding nach dem anderen.

Mein Vater kam herein und erklärte mir: »Du musst das Becken vollräumen. Dann weichen die Sachen schon ein, während du abwäschst. Lass die Zeit für dich arbeiten.« Diesen Rat habe ich mir eingeprägt.

Inzwischen mache ich es beim Schreiben genauso. Wenn ich nicht weiterkomme, arbeite ich an etwas anderem. Währenddessen weicht das Problem in meinem Kopf ein. Wichtig ist dafür nur, dass ich es zuvor ins Becken gelegt habe. Das mache ich, indem ich es mir genau ansehe: Weshalb komme ich nicht weiter? In welcher Szene, bei welcher Figur liegt das Problem? Habe ich das Problem verstanden, arbeite ich an einem anderen Text weiter. Oder noch besser, ich stehe vom Schreibtisch auf und gehe spazieren, hänge Wäsche auf, gehe einkaufen, ohne den verkrampften Wunsch, gleich die Lösung wissen zu müssen. Meistens taucht sie ganz unverhofft auf, während ich ein nasses Hemd aus der Waschmaschine klaube oder beim Bäcker anstehe.

Es gibt Dinge auf dieser Welt, die brauchen Geduld. So manches Problem kann man einweichen wie einen schmutzigen Teller und ihm dann – etwas später – viel leichter zu Leibe rücken.

Perfektionismus

Die größte Ketzerbewegung des Mittelalters, die der Katharer, ist zuerst 1143 in Köln bezeugt. Im Griechischen bedeutet *katharos* »rein«; die Mitglieder der Bewegung nannten sich »die Reinen«. Schon in den 1160er-Jahren gab es sie in Südfrankreich und Italien, in Österreich, in Spanien, in England und in den skandinavischen Ländern.

Ein grausamer Kreuzzug wurde ins Leben gerufen, um sie zu vernichten. Man mordete 1209 bis 1229 in Südfrankreich ganze Stadtbevölkerungen dahin – nach dem Leitspruch: »Gott wird nach dem Tod schon auseinandersortieren, wer von denen Katharer war und wer nicht. Hauptsache, wir haben alle erwischt!« Dieses Vorgehen der damaligen Kirche finde ich furchtbar. Jeder soll glauben dürfen, was er möchte.

Als ich mich für meinen Roman *Das Mysterium* mit den Katharern beschäftigte, war ich allerdings von den »Reinen« ebenso schockiert. Die Elite der Untergrundkirche nannte sich Perfecti und lebte mit dem Anspruch, fehlerfrei zu sein. Das nahmen die Perfecti nicht auf die leichte Schulter. Wenn sie beispielsweise einen Hasen in einer Falle am Feldrand fanden, mussten sie den Hasen aus der Falle befreien. Gleichzeitig durften sie aber nicht den Jäger bestehlen, der sicher froh war, endlich etwas gefangen zu haben. Also legten sie für den Jäger eine Münze in die Falle.

Sie beteten fünfzehn Mal täglich, fasteten drei Tage in der Woche und aßen nichts, das durch Zeugung entstanden war, also kein Fleisch, keine Butter, keine Milch, keinen Käse, keine Eier. (Wenn es mit den Romanen mal nicht mehr gut läuft, schreibe ich einen Artikel für die Brigitte: »Die Katharerdiät.« Der kommt bestimmt gut an.)

Frauen waren für die männlichen Perfecti tabu, Männer für die weiblichen. Überhaupt galt den Katharern das Körperliche auf dieser Erde als sündig und böse. Dazu zählten Bäume, Singvögel, Adler, Pferde, Hunde, Menschen, Seen, Schneeflocken, einfach alles, was man berühren konnte. Die Katharer waren in gewisser Weise die Death-Metal-Freaks des Mittelalters, sie empfanden Abscheu für jeden und jedes. Diese Welt war verderbt, und das einzige Ziel unseres Lebens war ihrer Ansicht nach, der Welt zu entkommen.

Nach Überzeugung der Katharer war in jedem von uns ein Seelenhauch gefangen, und diese Seelen waren das einzige Gute auf dieser Welt. Man konnte sie befreien, indem man fehlerfrei lebte. Übrigens glaubten sie auch, dass die Seele einer Frau sich auf dem Weg zum Himmel in eine männliche Seele verwandelte. Der letzte Perfektionsschritt, gewissermaßen. Nun ja.

Perfecti nahmen mit einer besonderen Weihe neue Mitglieder in die Untergrundkirche auf. Sobald dem Perfectus allerdings im alltäglichen Lebenswandel ein Fehler unterlief, waren alle Mitglieder, die er in den vergangenen Jahren geweiht hatte, ihren Platz im Himmel los, und er selbst war auch verloren.

Diesen Druck mag ich mir gar nicht vorstellen! Allein, wenn ich mir vornehmen würde, bis Ende der Woche keine Fehler mehr zu machen. Oder sagen wir, bis Ende des Monats. Oder härter noch, bis Ende des Jahres, eine perfekte Lebensführung bis zum Jahresende, wie sollte das zu schaffen sein?

Dieses Joch trugen die Perfecti auf ihren Schultern: den Anspruch, makellos zu leben. Wer nicht mehr genug Zeit hatte, um durch jahrelange Perfektion einen Platz im Himmel zu erringen, weil er beispielsweise schwerkrank war und wohl nur noch ein halbes Jahr Lebenszeit in Aussicht hatte, dem empfahlen sie die *Endura.* Das bedeutete, sich zu Tode zu hungern. Viele Nachfolger der Katharer haben das getan, um in einem letzten Willensakt zu zeigen, wie sehr sie alles Körperliche ablehnten, sich selbst und diese Welt. Ich finde das gruselig.

Den Tod von Jesus Christus am Kreuz haben die Katharer übrigens nicht geglaubt. Sie fanden das absurd, Gottes Sohn am Kreuz! Wenn man sich den Himmel selbst verdienen will, passt es einem natürlich nicht in den Kram, dass Gott für uns den Weg frei gemacht hat.

Einen gnädigen Gott kannten die Katharer nicht, den Gott, der uns in Jesus Christus 100 Prozent des Weges entgegenkommt.

Warum erzähle ich das? Weil wir diese perfektionistischen Tendenzen immer noch in uns tragen. Wir haben bis heute nicht verstanden, dass Gottes Gnade das zentrale Thema dieser Welt ist. Was sind die letzten Worte der Bibel? »Die Gnade des Herrn Jesus sei mit allen.«

Perfektionismus führt zu Ungerechtigkeit und Härte. Oft auch zu Härte mit sich selbst. Und ich glaube, unsere Gesellschaft wird immer anfälliger dafür, wie man auch an der steigenden Zahl von Burn-outs, Essstörungen und Depressionen sieht.

Ich erkenne mich in der ständigen Frage wieder, was die anderen wohl von mir denken. Laufe ich die Straße hinunter und plötzlich lachen ein paar Jugendliche auf der anderen Straßenseite, dann frage ich mich sofort, ob ich noch Rasierschaum im Gesicht habe oder ob es seltsam aussieht, wie ich gehe. Sobald ich meinen Gang beobachte, empfinde ich ihn als ein peinliches Watscheln und Staksen. Ich versuche, lässig zu gehen, aber das macht meine Knie nur noch steifer. Besonders gefährlich ist der Versuch, perfekt und cool eine Treppe hinunterzugehen. Das probiere ich nie wieder, ich will mir nicht das Genick brechen.

Nur das kranke Auge sieht sich selbst, sagte Viktor Frankl.

Das Verrückte ist ja, dass ich Perfektionismus zuerst einmal bewundere. Soll nicht der Chirurg möglichst fehlerlos operieren? Und der Mechaniker das Auto fehlerlos reparieren? Das Streben nach Perfektion ist doch etwas Gutes!

Wenn mir jemand sagt, er habe »einen Hang zum Perfektionismus«, halte ich ihn für ernsthaft, ordentlich, fleißig … und vergesse, dass Perfektionismus auch bedeutet, dass er sich ständig mit anderen vergleicht, sich analysiert und überprüft, und im Inneren ein unsicherer Mensch ist.

Dieser »bewunderte« Perfektionismus kann einem vieles zerstören. Raphael M. Bonelli bringt da ein schönes Beispiel in seinem Buch zum Thema. Wenn ich Geige spielen lerne und mich dabei an Anne-Sophie Mutter orientiere, kann mich das mitreißen und motivieren. Als Perfektionist aber werde ich das Gefühl haben, solange ich nicht so gut spiele wie sie, hat meine Musik keinen Wert.

Alle Wärme geht mir verloren, wenn ich von mir und anderen verlange, fehlerfrei zu sein. Ich tue besser daran, mein Herz mit Güte und Liebe zu füllen. Damit komme ich Gott auch näher, als ich es mit Perfektionismus je könnte.

Die Schönheit der Schneeflocken

Wir flitzen mit unseren Schlittschuhen über das Eis, da fängt es an zu schneien. Lena breitet die Arme aus und sieht in den Himmel. Ihre Augen leuchten vor Glück. »Das sieht so schön aus!« Sie fängt Schneeflocken mit den Händen. Die Flocken fallen wie weiße Federn aus dem Himmel.

Dreizehnjährige Eiskunstläuferinnen kommen aufs Eis. Sie kauern sich nieder und drehen sich dabei um die eigene Achse. Sie fahren Schleifen und tanzen, sie schweben über das Eis.

Ein Kind streckt bei geöffnetem Mund die Zunge heraus, damit Schneeflocken darauf landen. Es lacht, weil sie mit ihrer Kühle seine Zunge kitzeln.

Überall in der Stadt liegt jetzt tiefer Schnee. Auf den Fußwegen drücken die Menschen ihre Spuren hinein. Jeder Schuh hinterlässt einen anderen Abdruck, an unseren Spuren erkennt man, wie verschieden wir sind.

Ist das nicht ein Wunder? Gefrorenes Wasser fällt vom Himmel. Es weißt die Straßen ein, es weißt die Gehwege und die Bäume und setzt den Briefkästen Hauben auf. Sanft sinkt es nieder, in Form von weichen Flocken. Der Schnee dämpft die Geräusche, und die Stadt ist plötzlich still, als würde sie staunen und lauschen.

1885 gelang es dem Bauern Wilson Bentley als erstem Menschen, Schneekristalle unter dem Mikroskop zu fotografieren. Er wurde zum begeisterten Schneeforscher. Nachdem er Tausende Kristalle fotografiert hatte, stellte er fest, dass sich keine zwei Schneeflocken ähnelten. (Ich habe in meinem Buch *Der Schneekristallforscher* über ihn geschrieben.)

Erst 1988, nach über hundert Jahren, in denen wir den Schnee untersuchen, gelang es einer amerikanischen Schneeforscherin namens Nancy Knight, zwei identische Schneeflocken zu finden und zu fotografieren.

Jeder Schneekristall ist eine kleine Schönheit. Wenn ich mir Wilson Bentleys Bilder ansehe, werde ich ruhig und staune still über diese zarten Kunstwerke, die milliardenfach vom Himmel niedersinken.

Ob Gott diese Erde so schön geschaffen hat, weil wir ihm etwas bedeuten? Dann sagt jede kunstvolle Schneeflocke: Wir sind Gott wertvoll. Jeder Sonnenaufgang, jedes Rotkehlchen, jede schmackhafte Frucht sagt uns, dass Gott uns liebt. Er hat es sich ausgedacht, alles, das Prasseln des Regens und Baumwurzeln und Moos und Julikäfer … und hat uns mitten hineingesetzt: Das ist für euch, bitte schön, ihr könnt kreativ sein, mitten darin könnt ihr leben und es pflegen und etwas aufbauen.

Gott hat uns mit Schönheit umgeben. Auch Kristalle, die sich bis 1885 niemand angesehen hat und die wir auch heute kaum wahrnehmen, macht er jedes auf seine Weise schön.

Vertrauen

Als ich zehn war, bestahl ich meine Eltern. Ich wusste, in welcher Küchenschublade das Portemonnaie war. In einem unbeobachteten Moment holte ich es heraus und nahm mir ein Zwei-Mark-Stück. Ein paar Tage später klaute ich einen Zehn-Mark-Schein. Dann einen Zwanzig-Mark-Schein. Ich tat es, um mir Ansehen zu kaufen, indem ich meine Brüder und unsere Freunde zum Eisessen einlud oder uns allen Lose an einer Losbude kaufte. »Ich hab das Geld im Park gefunden«, log ich. Ich genoss es, der Einlader zu sein, der allen etwas Gutes tat und Fröhlichkeit verbreitete.

Das Gefühl war so gut, dass ich nicht damit aufhören konnte. Ich stahl meinen Eltern einen Fünfzig-Mark-Schein und versteckte ihn im Gebüsch im Park, wo wir häufig spielten. Ich lenkte unser Spiel in ebenjenes Gesträuch und entdeckte vor den Augen der anderen das Geld auf dem Boden. »Das hat bestimmt ein Besoffener hier verloren.« Wir feierten.

Mindestens ein Vierteljahr lang beklaute ich meine Eltern. Dann flog ich auf. Mein Vater holte mich zu einem Gespräch in sein Zimmer. Schon bevor er ein Wort sagte, wusste ich, was die Stunde geschlagen hatte. Mir schoss das Blut in den Kopf, und ich konnte keinen klaren Gedanken mehr fassen. Es war mir unendlich peinlich, dass ich sie, die mich liebten, hintergangen hatte. Wie hatte ich das in den vergangenen Monaten vor mir selbst gerechtfertigt? Wie hatte ich ruhig schlafen können? Ich glaube, ich war das erste Mal über mich selbst entsetzt.

Damals gab es in der Erziehung meiner Eltern noch Schläge. Nie hatte ich Schläge mehr verdient gehabt. Aber mein Vater schlug mich nicht. Er redete ruhig mit mir, und gemeinsam rechneten wir aus, wie viel Geld ich insgesamt gestohlen hatte. Wir schrieben die Summe in ein kleines Notizbuch und vereinbarten, dass ich sie bis zum letzten Pfennig zurückzahlen würde. Ich bekam damals ein dreifaches Geschenk von meinen Eltern:

Erstens bestraften sie mich nicht, sondern signalisierten mir im Gegenteil, dass sie mich trotz meines Fehltritts liebten.

Zweitens nahmen sie mein Handeln ernst – anstatt zu sagen: »Na ja, passt schon, vergessen wir's!« Sie zeigten mir, dass es falsch war, was ich getan hatte, ließen mir aber gleichzeitig meine Würde und halfen mir, das Unrecht wiedergutzumachen.

Drittens zeigten sie mir, dass sie mir immer noch voll und ganz vertrauten, obwohl ich sie hintergangen hatte. Das war für mich die größte Überraschung. Ich war in ihren Augen kein Dieb. Sie dachten nicht: »Der klaut, bei dem müssen wir aufpassen.« Im Gegenteil. Das

Portemonnaie lag weiterhin in derselben Schublade und manchmal auch offen auf dem Schrank im Flur. Jedes Mal wenn ich es sah, fühlte ich mich, als würde jemand neben mir stehen und sagen: »Wir vertrauen dir, Titus.«

Ich habe zweihundert Mark abbezahlt, mehr als ein Jahr lang, und habe nie wieder gestohlen. Warum auch? Ich bin kein Dieb.

Bin ich Außenseiter?

In meinen Teenagerjahren war die Jugendgruppe meiner Kirchengemeinde für mich der wichtigste Freundeskreis. Ich hatte sie selbst mitgegründet. Wir trafen uns und spielten, sahen Filme, dachten uns Theaterstücke aus und gewannen damit kleinere Wettbewerbe. Wir machten Blödsinn (einige der verrückten Dinge, die wir zusammen unternommen haben, können Sie in meinem *Kleinen Buch für Lebenskünstler* nachlesen).

Eines Nachmittags gestaltete Bibiane, eine Frau aus unserer Kirche, einen Nachmittag mit uns. Wir hatten sie eingeladen, weil sie in unseren Augen cool und unkonventionell war und »etwas auf dem Kasten hatte«.

Sie befestigte ein zwei Meter langes Tapetenstück an der Wand und zeichnete einen Kreis darauf. Dann gab sie uns farbige, selbstklebende Punkte und bat uns, jeder solle sich im Zentrum, am Rand oder neben diesem Kreis positionieren, je nachdem, wo seiner Meinung nach momentan sein Platz in der Gruppe sei.

Das Ergebnis schockierte mich. Nach fünf Minuten klebte ein großer Teil der Punkte weit außerhalb des Kreises. So viele fühlten sich als Außenseiter! Freunde, die für mich zum Kern dazugehörten.

An diesen Nachmittag muss ich immer denken, wenn ich mich in einer Gruppe nicht akzeptiert fühle. So oft lausche ich darauf, was die anderen von mir halten, begierig, geliebt zu werden, und habe den Verdacht, sie seien sich insgeheim näher. Mich dulden sie nur, denke ich, und täuschen vor, mich genauso gern dabei zu haben – aber in Wahrheit gehöre ich nicht dazu.

Dabei denken viele so, auch Menschen, die ich als beliebt einstufen würde! Sie tun so, als würden sie mit dem Strom schwimmen, fühlen sich aber als Außenseiter. Und mir geht es ähnlich. Ich lerne, das Gefühl hat nichts mit der Realität zu tun.

Wenn mir jemand enttäuscht erzählt, die anderen in seinem Freundeskreis würden mehr zusammen machen und sich häufiger untereinander verabreden als mit ihm, frage ich zurück: Hast du sie schon zu dir nach Hause eingeladen? Hast du ihnen gesagt, dass du gern mal mit ihnen shoppen gehen oder sie ins Kino mitnehmen willst? Beinahe jedes Mal ernte ich ein verblüfftes Nein.

Wir haben selbst das Steuer in der Hand, was unsere Freundschaften angeht. Entscheidend ist es, von der Opferrolle in die aktive Rolle überzuwechseln. Nicht zu warten, bis man uns einlädt, sondern selbst andere einzuladen, die wir sympathisch finden. Einen gemeinsamen Kinobesuch anzukurbeln, herumzufragen, wer noch alles mitkommen möchte. Eine Reihe von Leseabenden bei uns zu Hause zu beginnen (jeder bringt eine Geschichte oder ein Buch mit und liest daraus vor).

Für einen Freund zu kochen. Sich zum Kaffeetrinken zu verabreden.

Die Unsicherheit verfliegt bald, und wir merken: Wir sind nicht nur geduldet, sondern geschätzt.

Es ist nie zu spät

Wassily Kandinsky war Nationalökonom und arbeitete als Dozent. Mit 30 Jahren warf er alles hin, besorgte sich eine Farbpalette, Pinsel und einen Block und besuchte Anfängerkurse für Malerei. Er wurde einer der wichtigsten Maler des 20. Jahrhunderts.

Die amerikanische Leistungsforscherin Carol Dweck fand heraus, dass sich erfolgreiche Menschen nicht darauf festlegen, was sie können und was nicht. Sie wissen zwar, wo momentan ihre Schwächen liegen, aber sie denken darüber: Wenn ich will, kann ich auch das lernen. Coach Dr. Petra Bock nennt das ein »dynamisches Selbstbild«.

Ich hatte von Kindheit an ein gestörtes Verhältnis zu meinem Körper. Besonders schlimm ist mir eine Sportstunde in der sechsten Klasse in Erinnerung geblieben. Unser Lehrer führte eine Neuerung ein. Zu Beginn jeder Stunde sollten zwei Schüler Gymnastikübungen zu Musik vorführen, die alle anderen mitzumachen hatten. Wegen meines Rundrückens und der seitlich verkrümmten Wirbelsäule fühlte ich mich als Krüppel. Aber es war unausweichlich, die Reihe kam an meinen Freund Thomas und mich. Ich überredete ihn, die Übungen allein vorzumachen, während ich im Gegenzug die Musik auswählte. Dem Sportlehrer leuchtete unser Geschäft nicht ein. Er sah nur, dass ich mich nach dem Auflegen der Schallplatte weiter bei der Musikanlage herumdrückte. Ich wurde angebrüllt, gefälligst mitzumachen. Mir brach der Schweiß aus. Mit hochrotem Kopf verrenkte ich mich vor den anderen zu peinlichen Gymnastikübungen, während mir das Turnzeug am Leib klebte.

Alles Körperliche war mir damals verhasst. Ich schämte mich im Schwimmbad, weil man meine Rippen zählen konnte und ich dünne Arme hatte. Wenn irgendwo getanzt wurde, machte ich mich aus dem Staub. Selbst Umarmungen erschreckten mich.

So hätte es weitergehen können, mein Leben lang. Aber ich war dabei nicht glücklich. Als Student nahm ich mir vor, diese verschlossenen Lebensbereiche zurückzuerobern. Ich gründete mit Freunden eine Theatergruppe und übte, auf der Bühne nicht nur zu reden – das konnte ich schon immer –, sondern auch zu spielen und meinen Körper einzusetzen. Außerdem beschloss ich, Tanzen zu lernen. Ich wurde ausgelacht. »Du und Tanzen? Nicht in hundert Jahren!«

Vor der ersten Tanzstunde, auf dem Weg in den Tanzsaal, stolperte ich und fiel meinem Vordermann in den Rücken. »Das fängt ja gut an«, stieß ich zwischen den Zähnen hervor. Ich hatte gehörig die Hosen voll. Die Tanzlehrerin begann, den Langsamen Walzer zu erklären, und forderte uns zu einer einfachen Schrittfolge auf. Mir brach der Schweiß aus wie in der Sportstunde damals. Ich hatte das Gefühl, dass mich alle beobachten, dass ich auffiel, weil ich besonders ungelenk war und eine Lachnummer abgab beim Versuch, ihre Schritte nachzuahmen.

Trotzdem blieb ich dabei. Ich beendete den Anfängerkurs, den Fortgeschrittenenkurs, machte Bronze, Silber, Gold, Gold Star. Heute ist Tanzen für mich ein Vergnügen. Ich habe mit meinem Körper Frieden geschlossen.

Ich habe gelernt: Ich kann meine Grenzen erweitern. Ich darf etwas wagen! Es wird nicht von Anfang an gelingen, und es wird Leute geben, die nicht an mich glauben. George Bernard Shaw sagte einmal: »Du kannst nicht Schlittschuhlaufen lernen, ohne dich lächerlich zu machen.«

Aber was ist die Alternative? Für immer zu sagen: »Das kann ich nicht«, und heimlich davon zu träumen, es doch zu können? (Ich hatte als Jugendlicher viele Tagträume davon, ein guter Tänzer zu sein.)

Meine Träume können wahr werden. Ich muss nur aufbrechen und mich auf die Reise machen.

Mitten im Sturm

Die »Arny Maud« ist ein altes Robbenfängerschiff. Sie sieht so aus, wie man sich Schiffe vorstellt, wenn man Filme wie *Die Meuterer der Bounty* oder *Fluch der Karibik* gesehen hat. Wir waren sechsundzwanzig Leute an Bord, und jeder hatte bestimmte Aufgaben. Ich war für den Flieger zuständig, das kleine Segel, das vorn am Bugspriet befestigt ist. Die Ostsee stürmte, Wellen schlugen über das Deck. Mitten am Tag war es so finster, dass die anderen mir mit einer Taschenlampe leuchten mussten, während ich nach vorn auf den Bugspriet kletterte, um den Flieger einzuholen, damit der Sturm uns das Segel nicht zerfetzte.

Gischt sprühte uns in die Gesichter. Der Wind riss an unseren Kleidern und drückte das Schiff seitlich gegen die Wogen. Ich trug eine Rettungsweste mit einem Karabinerhaken daran und befestigte mich mit dem Haken an einem der Seile. Wie ich es an den Schönwettertagen gelernt hatte, stellte ich mich auf die Spitze des Bugspriets und fing an, das Segel einzuholen.

Bei gewöhnlichem Wetter ragte das Bugspriet mehrere Meter über dem Wasser in die Höhe. Im Sturm aber war der Seegang so stark, dass das Schiff mit seiner

Spitze regelmäßig ins Meer getaucht wurde, und mit dem Bugspriet wurde auch ich bis zu den Knien untergetaucht. Während ich also arbeitete, tauchte ich ins Meer, wurde wieder in die Höhe gehoben, dann wieder eingetaucht.

Ich bin ein Mensch, der schnell friert. Und ich hasse es zu frieren. An Bord der »Arny Maud« war an trockene Klamotten nicht zu denken. Wenn ich es nicht mehr aushielt und unter Deck ging, um mich umzuziehen, war ich, kaum dass ich wieder an Deck gestiegen war, erneut nass bis auf die Haut. Kapitän Laurenz sagte, einen solchen Sturm habe er auf der Ostsee noch nie erlebt. Mir war fortwährend kalt und speiübel. Die Übelkeit hing damit zusammen, dass ich keinen Horizont sehen konnte und dabei in einer Tour hochgehoben und wieder niedergestürzt wurde, während die Wellen das Schiff gleichzeitig nach rechts oder links stießen. Auf dem Jahrmarkt bezahlt man dafür, einige Minuten herumgewirbelt zu werden, aber wir wurden mehrere Tage hin und her geschleudert – und irgendwann reicht es einem.

Dazu waren uns die Nahrungsmittel ausgegangen, oder sagen wir, die Auswahl wurde immer schmaler. Wir hatten noch Brot, und wir hatten Esrom-Käse. Wenn man Esrom im Kühlschrank hat, stinkt der ganze Kühlschrank danach. Ich kann bis heute keinen Esrom mehr riechen, geschweige denn essen, wegen dieser Wochen auf der »Arny Maud«. Habe ich erwähnt, dass ich mir damals vornahm, nie wieder eine solche Schiffsreise zu unternehmen?

Ich stand also auf dem Bugspriet, wurde ins Meer getaucht, meine Freunde leuchteten mir mit Taschenlampen, und ich war nass bis auf die Haut. Mir war schlecht. Ich war übermüdet. Was auch immer ich mir unter der Schiffsreise entlang der dänischen und schwedischen Küste vorgestellt hatte, das war es nicht gewesen.

Trotzdem, in jenem Moment entschied ich mich, nicht wütend zu sein. Ich fasste den Entschluss, nicht länger wie ein armes Schwein zu leiden. Es gab einen anderen Blickwinkel, unter dem ich die missglückte Reise betrachten konnte, und dieser Blickwinkel würde mir Kraft geben, vielleicht sogar Vergnügen, ungeachtet der widrigen Umstände. Ich beschloss, das Ganze als ein Abenteuer zu sehen.

Und das wurde es! Ich kämpfte das Segel nieder, ließ mir von den Freunden – nachdem ich zurück an Deck geklettert war – auf die Schultern klopfen und hielt verbissen lächelnd mein Gesicht in die Regenböen.

Der Kapitän rief mich ans Steuer. Ich sagte ihm: »Laurenz, ich bin kurz davor, mich zu übergeben.« Wenn ich hinter dem Steuer stand, konnte ich nicht an die Reling stürzen, um meinen rebellierenden Esrom-Mageninhalt loszuwerden. Jeder von uns hatte in diesen Tagen schon erbrochen, bis auf mich und drei erfahrene Segler (den Kapitän, die Bootsfrau und einen jungen Mann von der Küste). Mein Magen sagte mir, dass ich überfällig war. Laurenz grinste: »Du schaffst das.«

Ein Abenteuer, sagte ich mir eisern, es ist ein Abenteuer! Die ersten Minuten hinter dem Steuer quälte mich die Übelkeit schlimmer als zuvor, dann verschwand sie. Nach meiner Ablösung musste ich für die anderen den Küchendienst übernehmen, weil einem dort unten noch schlimmer übel wurde. Sie glaubten offenbar, ich könne aus irgendeinem Grund nicht seekrank werden. Als echter Abenteurer ließ ich sie in dem Glauben und beruhigte meinen gebeutelten Körper.

Ich fand heraus, dass es sich bei Sturm hervorragend schlafen lässt. Die Brecher krachen gegen die Bordwand, die Laterne schaukelt an der Decke, dass ihr Bügel quietscht, aber man wird auch gewiegt wie in einem Kinderbett. Hundemüde, wie ich war, schlief ich nach wenigen Augenblicken ein.

Als ich zum Wachwechsel geweckt wurde, war meine Kleidung immer noch klamm. Wir mussten Wasser aus dem Schiffsinneren herauspumpen. Danach wagte ich es, mitten im Sturm in die Rahen zu klettern, obwohl der Mast sich nach rechts und links neigte wie der Zeiger eines Metronoms.

Als ich vor der schwedischen Küste nach Felsen im Wasser Ausschau halten sollte, sah ich sie zu spät und wir liefen auf Grund. Ein anderes Schiff, das wir zu Hilfe riefen, versuchte, uns mit einem Tau wieder loszuziehen. Bevor sich die »Arny Maud« vom Felsen löste, zerbrach unser dicker Querbalken im Heck, an dem das Tau befestigt war. Wir machten einen neuen Versuch, indem wir das Tau um den mittleren Mast schlangen. Er knackte gefährlich, aber diesmal kamen wir frei und konnten die Fahrt fortsetzen. Eine halbe Stunde später fuhr die Küstenwache heran und fragte per Megafon, ob alles in Ordnung sei mit uns. Da waren wir schon wieder fröhlich bei der Weiterfahrt.

Ich hatte Spaß. Die Reise war aufregend. Sie war eine Herausforderung, die mich mit stolzem Abenteurerlächeln stärker werden ließ.

Manchmal gelingt es mir, auch meine Alltagsprobleme als Abenteuer zu sehen. Der Stressforscher Jon Kabat-Zinn schrieb: »Du kannst nicht die Wellen aufhalten, aber du kannst lernen, auf ihnen zu surfen.«

Unsere Perspektive ist entscheidend. Quält uns eine Krise, dann sind wir hilflose Opfer, zu kaum mehr fähig als zu Tränen. Wenn wir dagegen in einem herausfordernden Abenteuer stecken, weckt das Kräfte in uns, die uns aus dem Sturm herausbringen.

Die Reise einer Postkarte

Ich habe eine Postkarte bekommen, auf der mir zum Geburtstag gratuliert wurde. *Lieber Titus, für dein neues Lebensjahr wünsche ich dir Zuversicht, Geduld, Entschlossenheit, Mut und Freude …* und so weiter. Ich war verwirrt. Mein erster Gedanke war, ich könnte meinen eigenen Geburtstag vergessen haben. Dann fiel mir ein, dass ich im Oktober Geburtstag habe. Lustigerweise schrieb die Absenderin: *Da ich fast sicher bin, dass diese Karte dich nicht mehr zum Geburtstag erreicht, …*

Die Karte wurde am 2. Oktober abgeschickt. Also war sie fast sieben Monate unterwegs. Sie kam aus Georgien, womöglich war die Verzögerung dem Südossetien-Konflikt geschuldet. Ich liebe Häfen und Züge und die schnurgeraden Straßen Amerikas. Auf eine ähnliche Weise fasziniert mich der lange Reiseweg, den die Postkarte zu mir genommen hat. Wo hat sie die Wochen und Monate verbracht, wo auf ein Auto gewartet oder auf ein Postflugzeug und das Ende des Krieges? Wie hat sie die Ländergrenzen überquert?

Reisen empfinde ich als spannend. Oft erscheinen mir ferne Orte interessanter als der Ort, an dem ich gerade bin. Aus Häfen laufen die Schiffe aus und überqueren

Ozeane. Züge fahren nach Amsterdam und Paris und Zürich. Das gefällt mir. Ich bin ein neugieriger Mensch, und auf Reisen kann man viel Neues sehen.

Jedes Jahr gebe ich etwa 3.500 Euro für Bahnfahrten aus. Trotzdem fahre ich noch 20.000 Kilometer im Jahr mit dem Auto. Eine befreundete alte Dame sagt immer: »Na, Titus, schonst du mal wieder dein Bett?«

Dabei haben nicht nur Fernreisen ihren Reiz, auch in der Nähe kann man Entdeckungen machen. Ich bin heute eine Strecke zu Fuß gegangen, die ich sonst immer mit dem Auto fahre. Dabei habe ich einen kleinen jüdischen Friedhof entdeckt. Ich hatte ihn nie zuvor bemerkt, offenbar bin ich an der moosbewachsenen Mauer bisher einfach vorbeigerauscht. Als Fußgänger hatte ich Zeit, über die Mauer hinwegzuspähen. Ein Märchen! Die krummen Reihen von Grabsteinen und die alten Bäume lassen den Friedhof aussehen wie einen zauberhaft friedlichen Ort.

Entdecken Sie Ihr Australien

Wenn ich mich entspannen will, ziehe ich mir eine alte ausgewaschene Jeans an. Ich muss mir keine Sorgen machen, ob ich die Knie durchscheuere, muss niemanden beeindrucken und nicht darüber nachdenken, was die Leute von mir halten. Ich bin einfach nur ich. Das bringt mich in eine erholsame Stimmung.

Habe ich einen Auftritt, ziehe ich mir teure Unterwäsche an. Auch wenn das Publikum sie gar nicht zu sehen bekommt – ich fühle mich »schick« mit dieser Unterwäsche. Sie gibt mir Sicherheit und das Gefühl, »jemand zu sein«.

Kleidung macht etwas mit mir. Wenn das schon mit so etwas Banalem wie mit Kleidung gelingt, wäre es möglich, dass ich mein ganzes Leben beeinflussen kann, nicht nur tageweise, sondern auch im Blick auf ganze Jahre? Ich glaube daran.

Vernachlässigte Träume machen mich unglücklich. Sie erzeugen eine innere Anspannung, die ich oft gar nicht verstehe. Erst wenn ich mir Zeit nehme, genauer hinzusehen, erkenne ich, dass ich meinen Lebensweg verlassen habe.

Sticht es in meinem Herzen, wenn ich an meine Lebenssituation denke, ist das ein klares Zeichen, dass ich einen Zwischencheck brauche. Ich nehme einen Tag frei, gehe spazieren, gebe meinen Gedanken Raum. Wie waren die letzten Jahre? Wie werden die nächsten sein?

Bis man im 16. Jahrhundert Australien entdeckte, dachte man, alle Schwäne seien weiß. Dann fand man heraus, dass es auch schwarze Schwäne gibt. Manchmal ist es nützlich, sich den Kopf offenzuhalten für das scheinbar Undenkbare.

Ein Neuanfang gibt Schwung! Ich bin mit 19 in die erste eigene Wohnung gezogen. In der Küche hing eine nackte Glühbirne von der Decke. Ich dachte: Darum kümmere ich mich später, Hauptsache, ich habe erst mal Licht. Bis ich aus der Wohnung wieder auszog, vergingen sieben Jahre. Diese sieben Jahre habe ich mit der nackten Glühbirne in der Küche gelebt.

Danach zog ich in eine Wohnung, wo sich im Flur noch Schrauben von meinem Vormieter in der Wand befanden. Ich sagte mir: Darum kümmere ich mich später, die anderen Zimmer sind erst einmal wichtiger. Übergangsweise hängte ich meine Jacken an die Schrauben, ich hatte ja noch keine Garderobe. Bis zu meinem Auszug wohnte ich viereinhalb Jahre mit zwei Schrauben in der Wand als Garderobe.

Ich habe daraus gelernt! Beim nächsten Umzug habe ich den Schwung des Neuanfangs genutzt und mir gleich ein Schuhregal gekauft, als der Platz für die

Schuhe im Flur nicht ausreichte. Ich habe keine »Übergangslösungen« hingenommen. Provisorien setzen sich schneller fest, als uns lieb ist.

Ich habe mein Leben in der Hand. Statt meine Träume zu vernachlässigen, entdecke ich mein Australien, ich baue mir ein großes Schiff und segle hin.

Knarrende Kiefern

Ich liebe den Wind. Er ist unsichtbar, aber im Herbst fährt er unter die trockenen Blätter, hebt sie an und führt mit ihnen Tänze auf. Ich muss einen Schal tragen, weil er mir in die Jacke stoßen will. Das Gesicht darf er kühlen, und er darf sich in meinen Haaren austoben. Er macht, dass ich mich lebendig fühle.

Der Wind ist unsichtbar, aber im Winter treibt er die Schneeflocken vor sich her. Er ruht einen Moment aus und lässt sie still niedersinken, dann bläst er mit neuer Kraft hinein und treibt sie in einem Wirbel um die Hausecke.

Im Frühjahr grüßt er mich, den Spaziergänger, aus den Baumwipfeln. Die hellen Blätter der Birken blinken. Durch die Pappeln zieht ein Rauschen und eine Kiefer knarrt.

Die Wellen brausen im Sommer an Land, weil der Wind auf hoher See mit ihnen gerungen hat. Er streichelt das Dünengras und wedelt mir Kühle zu, wenn die Sonne allzu heiß vom Himmel brennt.

Wie kann etwas, das unsichtbar ist, die Wolken über den Himmel treiben? Wie kann diese unsichtbare Kraft, wenn sie zornig wird, Schiffe in die Bäume heben und ganze Häuser umstoßen?

Der Wind berührt zärtlich mein Gesicht. Ich habe ihn nicht im Griff, ich kann ihn selbst unter Einsatz aller meiner Kräfte nicht steuern oder bändigen. Wir sind Wächter unseres Planeten – zugleich aber sind wir Brüder und Schwestern dieser Schöpfung. Der freie, ungebundene Wind erinnert mich daran. Unsere Geburtsstunde liegt nahe bei der Geburtsstunde der Tiere und Pflanzen, der Gebirge und Flüsse und Seen und des Windes.

Flimmerbilder

Manchmal spielen wir: Jemand singt die Titelmelodie einer alten Fernsehserie, und die anderen raten. Wer die Serie weiß, darf die nächste Titelmelodie singen. Ich kann die Melodien von *Airwulf, A-Team, McGyver* und *Ein Colt für alle Fälle,* ich kann *StarTrek* und *Bonanza* singen. Meine Güte, habe ich als Kind viel ferngesehen! Ich weiß, wer *Adderly* ist, wie die *Agentin mit Herz* aussieht und kann die Stimme von *Pumuckl* nachahmen.

Meine Brüder und ich waren regelrecht fernsehsüchtig. Die Eltern versuchten dagegenzusteuern. Ein paar Monate lang wurde unsere Fernsehzeit auf dreieinhalb Stunden pro Woche beschränkt, und wir mussten den Verbrauch ordentlich aufschreiben. Dann haben wir mit Betteln Ausnahmen erreicht, weil wir unser Zeitbudget schon »weggeguckt« hatten und ein grandioser Film im Fernsehen lief. Mit jeder Ausnahme wurde das System löcheriger, bis es ganz unterging.

Kam mein Vater nach Hause und fand uns vor dem Fernseher, fragte er jedes Mal: »Habt ihr die Hausaufgaben gemacht?« Das war eigentlich Gesetz, wir durften die Flimmerkiste erst einschalten, wenn wir die Hausaufgaben erledigt hatten.

Um unsere Eltern zu täuschen, legten wir einmal einen nassen Waschlappen auf den Fernseher, damit er sich abkühlt (wir wussten, dass sie nur die Hand auf den Apparat zu legen brauchten, und schon bemerkten sie, dass wir ferngesehen hatten). Damals gab es großen Ärger. Zu Recht, wir hätten ja einen Stromschlag kriegen können.

Unsere Rettung war der Amerikaaufenthalt 1992/93. Dort hatten wir dreizehn Monate lang keinen Fernseher, und es war das beste Jahr, das wir als Familie je erlebt haben. Plötzlich hatten wir abends Zeit füreinander, haben geredet, gespielt, die Nachbarn besucht. Zuvor war ich davon ausgegangen, dass jeder Mensch nach 18 Uhr zu nichts mehr zu gebrauchen ist und dass die Müdigkeit keine andere Tätigkeit zulässt als fernzusehen. In Amerika war ich wie verwandelt. Die Gewohnheit, sich vor den Fernseher zu setzen, verschwand, und ich bekam vier Stunden pro Tag dazu, schöne Stunden, aktive Stunden! Das war für mich eine Entdeckung.

Danach lebte ich viele Jahre ohne Fernseher, und ich vermisste ihn kein bisschen. Ich hatte geglaubt, ohne Fernseher seien die Abende langweilig, aber sie sind es nicht. Seltsam, wie man sich täuschen kann.

David Foster Wallace hat etwas Kluges gesagt. Man muss es zweimal lesen, um es zu verstehen: »Das Fernsehen ist nicht deshalb vulgär, anstößig und stumpfsinnig, weil die Menschen, die dessen Publikum darstellen, vulgär oder stumpfsinnig wären. Das Fernsehen ist deshalb so, weil die Menschen sich im Allgemeinen in ihren vulgären, anstößigen und stumpfsinnigen Interessen sehr ähnlich sind, während sie sich in ihren kultivierten, ästhetischen und noblen Interessen sehr unterscheiden.« Das leuchtet ein, oder? Ich kenne keinen Menschen, der kein Interesse am anderen Geschlecht hat, an Zärtlichkeit, Sex und Wärme. Das ist ein Bedürfnis, das uns alle verbindet. Ich kenne auch niemanden, der nicht bei einem Schusswechsel Angst bekommt, und Angst gibt uns das Gefühl, aktiv zu sein, etwas Aufregendes zu erleben. Deshalb funktionieren »Sex & Crime« im Fernsehen gut – die Sender wollen ja möglichst viele Menschen auf einmal erreichen, um hohe Einschaltquoten zu haben und Geld mit der Werbung einzunehmen.

Das bedeutet nicht, dass dieselben Zuschauer nicht auch anspruchsvolle Bedürfnisse und Interessen haben. Der eine liest gern Biografien, der andere hört gern Jazz, der dritte züchtet Alpakas, der vierte erfindet Brettspiele. Eine Sendung über Bücher oder eine über Alpakas oder Brettspiele hätte auch Zuschauer, aber eben zu wenige, weil wir uns in unseren »noblen Interessen«, wie David Foster Wallace es nennt, sehr unterscheiden.

Das Problem ist: Wenn wir uns Abend für Abend nur dem widmen, was wir mit allen anderen teilen, stumpfen wir ab. Unsere ganz speziellen Begabungen und Interessen werden verschüttet.

Ich habe außerdem den Eindruck, dass sich unser

Blick auf die Welt verformt. Die Gewaltmeldungen aus dem Fernsehen prägen uns, nach Hunderten Krimis, Thrillern und Verschwörungsfilmen kommt uns das Leben düsterer vor, als es eigentlich ist. Dank des C.S.-Lewis-Literaturpreises durfte ich fünf Wochen auf der Isle of Wight verbringen und lernte unter anderem das britische Fernsehprogramm kennen. Dauernd liefen Berichte über wahre Mordfälle, oder ein Kamerateam begleitete Polizisten bei Verfolgungsjagden. Wenn ich nach draußen auf die Straße ging, fühlte ich mich verunsichert und rechnete hinter jeder Ecke mit einem Mörder.

Wir leben in einem der sichersten Länder dieser Welt und schwelgen im Luxus. Warum haben wir trotzdem das Gefühl, zu darben und in ständiger Gefahr zu sein? Ich möchte den Blick für das Gute und das Gelingende in unserer Gesellschaft wiederfinden.

Das Fernsehen ist dabei nicht besonders hilfreich. »Bad news are good news«, habe ich im Publizistikstudium gelernt, »schlechte Nachrichten sind gute Nachrichten«. Krisenmeldungen haben einen hohen Unterhaltungswert. Positives wird dagegen in den Nachrichten kaum berichtet. Das liegt nicht daran, dass nichts Gutes geschehen wäre, sondern daran, dass schlechte Nachrichten die Einschaltquoten erhöhen.

Ich finde es wichtig, dass ich mein Leben selbst im Griff behalte. Ich möchte die wirkliche Welt um mich herum nicht vergessen, die deutlich mehr zu bieten hat als das flache Flimmerbild.

Nicht gut genug?

Wir sind überfordert: Für die Steuererklärung müssen wir halbe Buchhalter sein, für den Umgang mit dem Computer halbe Informatiker, fürs Zeitunglesen halbe Politikwissenschaftler – ständig haben wir das Gefühl, nicht gut genug zu sein.

Oder liegt es an den Stars, die mir in computerbearbeiteten Fotos Perfektion vortäuschen? An den Filmhelden, den makellosen Familien in den Werbespots? Liegt es am gefühlten Anspruch, ich müsse jederzeit in Familie, Beruf und Freizeit brillieren?

Ich erwarte von mir, jeden Tag gut gelaunt und leistungsfähig zu sein. Ich erwarte Gesundheit, 365 Tage im Jahr. Ich erwarte Bestleistungen, unabhängig von der Tageszeit. Halte ich mich überhaupt noch für ein Lebewesen, oder bin ich schon heimlich davon überzeugt, eine Maschine zu sein?

Es fällt mir schwer hinzunehmen, dass ich nicht sofort alles kann. Unbewusst habe ich den Anspruch an mich selbst, Allrounder zu sein. Aber ich kann nicht an meinem Auto schrauben. Ich kann nicht kraulen. Ich kann nicht kochen. Ich habe einen nur schwach ausgeprägten Orientierungssinn. In rasanten Reaktionsspielen bin ich eine Niete, und beim Fußball passe ich den Ball versehentlich zu den Gegnern, weil ich vor lauter Hektik nicht mitbekomme, wer wo steht. Ich kenne mich weder mit Opern aus noch mit Weinsorten, und beim Einparken brauche ich mehr Anläufe als mancher Fahrschüler. Es gibt etliche Gebiete, in denen ich gern dazulernen würde.

Andererseits: Ich kann Geschichten erzählen. Ich kann mich vor Fernsehkameras mit wildfremden Leuten unterhalten, und ich lese mitreißend vor. Ich kann gut beobachten. Ich kann mich in andere Menschen einfühlen.

Was ergibt das in der Summe? Bin ich okay?

Oft halte ich mich für unfähig, anstatt einfach zu akzeptieren, dass ich Stärken habe und Schwächen, an denen ich arbeiten kann.

Ich glaube, dass diese Welt geschaffen wurde, dass ein Designer hinter allem steht. Dieses Wesen begleitet mich schon seit meiner Geburt durch mein Leben. Es wünscht das Beste für mich, und es hat ein Bild von mir im Kopf, das den idealen Titus zeigt. Nicht dasselbe Bild für Sebastian, Lucia und Max, sondern für jeden ein anderes. Ein Gott, der solche Vielfalt geschaffen hat – die unzähligen Schmetterlingsarten! Abertausende von Fischen! Ameisen und Elefanten und Regenwürmer! –, geht nicht mit der Einheitsschablone an uns Menschen heran.

Mal angenommen, ich habe recht: Dann hat Gott

also diesen Ideal-Titus im Kopf. Den Titus, der seine Fähigkeiten entwickelt hat, der sich entspannen kann und lieben kann und verzeihen kann und mit sich im Gleichgewicht ist. Das heißt nicht, dass der Ideal-Titus wie ein Manchester-United-Profi Fußball spielt und ein begabter Sternekoch ist. Ich soll Geschichten erzählen. Ich lerne zu akzeptieren, dass ich nicht alle Fähigkeiten der Welt auf mich vereinen muss, dass es auch Dinge gibt, die andere gut können und ich nicht. Das ist in Ordnung! Der Schöpfer der Vielfalt liebt mich, wie ich bin.

Irgendwann kommt ein schöner Augenblick

An guten Tagen, wenn die Sonne scheint und kein Schuh drückt, halte ich mein Leben für ein großes Glück. Ich bin zufrieden mit meiner Wohnung, mit Lena, mit mir selbst. Ich freue mich an den vielen Büchern, die ich habe, und schreibe begeistert. Das Essen schmeckt und meine Kleidung gefällt mir.

An schlechten Tagen, an denen es morgens gar nicht richtig hell wird, blöde Aufgaben mich erwarten und ich mit mir selbst im Streit bin, da schmeckt das Essen nicht. Ich finde meine Anziehsachen doof und mein Leben kommt mir wie die Geschichte eines Versagers vor.

Wie sehr die Beurteilung doch von meiner momentanen Stimmung abhängt!

Mitunter hängt mein Weltschmerz einfach damit zusammen, dass ich müde bin und mein Körper sich Erholung und Schlaf wünscht. Solche einfachen Bedürfnisse können meine Lebensinterpretation einfärben.

Als Kind hatte ich das Phänomen der Müdigkeit noch nicht verstanden. Ich merkte nur, dass am Abend das Spielen keinen Spaß mehr machte. Ich war reizbar, mir war plötzlich alles zu viel, jeder kleine Misserfolg brachte mich zur Verzweiflung. Das Leben war sperrig, das machte mich wütend und gab mir gleichzeitig das Gefühl, sehr klein zu sein.

Was war die Lösung? Die Eltern wussten sie, auch wenn ich nichts davon hören wollte: »Du bist müde. Zeit, ins Bett zu gehen.«

Wenn ich mit meinem Leben nicht zufrieden bin, sollte ich nicht zu schnell ein düsteres Resümee ziehen. Ich sollte mich ausschlafen. Etwas Gutes essen. In Ruhe ein Bad nehmen. Vielleicht sieht die Welt danach anders aus.

Während Lena an ihrer Diplomarbeit schrieb, hatten wir eine schlimme Beziehungskrise. Wir waren beide nicht glücklich in dieser Zeit. Eines Nachts, als Lena weinte, stand sie aus dem Bett auf und schrieb auf eine Karte: »Irgendwann kommt ein schöner Augenblick.«

Sie hängte die Karte gut sichtbar an die Wand. Sie sagte sich (so hat sie es mir später erzählt): Irgendwann muss es doch wieder schön werden! Während der nächsten Wochen notierte sie sich auf dieser Karte glückliche Momente, die sie erlebte, um sich daran zu erinnern, dass es auch Gutes gibt. Der Vorname eines Kindes steht darauf, weil das Kind sie angelächelt hat. Vögel stehen darauf, die so schön gesungen haben. Ein Musikstück, das sie berührt hat.

Tatsächlich wurde es wieder gut. Die Diplomarbeit wurde akzeptiert, und auch wir konnten unsere Streitpunkte lösen. Lenas Nachtgedanke war richtig: Irgendwann kommt ein schöner Augenblick.

Die Suche nach Gott

Eine Anleitung zum Fahrradfahren.

Schritt 1: Halten Sie den Lenker fest.

Schritt 2: Setzen Sie den linken Fuß auf das linke Pedal.

Schritt 3: Schieben Sie das Fahrrad an und schwingen Sie den rechten Fuß über den Sattel.

Schritt 4: Bewegen Sie die Füße auf den Pedalen in einem Kreisrund und halten Sie dabei die Balance …

So funktioniert das nicht. Man kann nicht theoretisch Fahrradfahren lernen. Ein Online-Kurs oder eine Fernakademie schließen sich bei diesem Thema aus. Es lässt sich nur durch praktisches Üben erobern. Ich bin damals mit meinem Fahrrad frontal gegen eine Mauer gefahren, weil ich die Kurve nicht hingekriegt habe. Ich habe Laternenpfähle gerammt und Verkehrsschilder. Ich habe mir beim Umkippen die Knie aufgeschlagen, und einmal bin ich so schlimm mit der Hose in der Kette hängen geblieben, dass es nicht nur den Stoff, sondern auch meine Haut zerrissen hat.

Aber ich habe dazugelernt: von dem Moment an, als mein Vater hinter mir den Gepäckträger losließ (»Ich bin da, fahr weiter, Titus!«), bis hin zur 200-Kilometer-

Tagestour in den Süden. Bald fuhr ich mit Vergnügen Fahrrad. Nach der Schule war der Heimweg immer eine Erfrischung, und während des Studiums hatte ich gute Ideen für Romane, während ich von einem Institut zum anderen radelte.

Es gibt Themen, da kann man nicht bei Online-Kursen und Büchern stehen bleiben. Man muss sich, übertragen gesprochen, aufs Fahrrad setzen und in die Pedale treten. Die Reiseberichte anderer sind schön und gut, aber es gibt Reisen, die sollte man selbst erleben, sonst verpasst man das ganze Abenteuer.

Von bummelnden Zugführern

Im ICE nach München gibt der Zugführer über die Lautsprecher bekannt, dass wir 36 Minuten Verspätung haben. »Arschloch«, sagt der Mann, der mir gegenüber sitzt. Als habe der Zugführer gebummelt, als habe er beim Fahren Zeitung gelesen und dadurch ein zu gemütliches Tempo eingelegt. Womöglich ist irgendwo ein Mensch auf die Schienen gesprungen. Das dürfen sie nicht ansagen, weil es sonst in der nächsten Woche drei Nachahmer gibt. Und weil sie es nicht ansagen, schimpft ein anderer Fahrgast in sein Handy: »Die Scheiß-Deutsche-Bahn hat mal wieder Verspätung.«

Manchmal, fürchte ich, ist es uns zu anstrengend, über das wirkliche Leben nachzudenken. Lieber bleiben wir in der Scheinrealität, in der die Deutsche Bahn scheiße ist und Zugführer bummeln. Wir können unsere Ungeduld nicht mehr im Zaum halten, wir sind Nervenbündel geworden. Wie sonst ist es zu erklären, dass wir so schrecklich darunter leiden, ein paar Minuten Verspätung zu haben?

1910, als Autos in Mode kamen, schrieb Octave Mirbeau: »Man muss sagen … dass Automobilismus eine Krankheit ist, eine Geisteskrankheit. Diese Krankheit hat einen hübschen Namen: Geschwindigkeit ... (Der Mensch) kann nicht länger stillstehen, er zittert, die Nerven angespannt wie Sprungfedern, ungeduldig, sich wieder auf den Weg zu machen, sobald er irgendwo angekommen ist, weil es nicht woanders ist, woanders, immer irgendwo anders ...«

Die Menschheit hat an Produktivität zugelegt, jedes Jahr »schaffen« wir mehr. Heute leistet einer, wozu früher ein Dutzend Menschen notwendig waren. Aber wir haben uns dafür entschieden, diese hohe Produktivität in mehr Geld umzusetzen, in zusätzliche Sachen, anstatt in mehr freie Zeit. Unsere Gesellschaft hat das Geld der Zeit vorgezogen.

Kaum schaffen wir es, die Sachen, die wir uns kaufen, auch zu verbrauchen. Wir öffnen den Kühlschrank nicht in der Vorfreude auf leckere Speisen, sondern sehen darin hektisch nach den Haltbarkeitsdaten und entscheiden, was zuerst »weg muss«. Wir werfen Kleider fort, weil der Schrank überquillt. Wir bringen Möbel auf den Recyclinghof und sind erleichtert, dass es dort einen Raum gibt, in dem sich Arme etwas abholen können, denn eigentlich sind unsere Möbel noch gut, sie entsprechen nur nicht der aktuellen Mode.

Kann es sein, dass wir zu viele Sachen haben? Dass wir mehr Geld als Zeit haben? Wagen Sie den Tausch. Bummeln Sie Überstunden ab, anstatt sie sich auszahlen zu lassen. Lesen Sie lieber ein Buch, das Sie schon seit Jahren lesen wollten, hören Sie eine Musik, die Sie schon lange nicht mehr gehört haben, sehen Sie sich alte Fotos an. Gehen Sie mit einem Freund an das Grab seiner Eltern, oder nehmen Sie den Nachbarn für einen Nachmittag die Kinder ab und spielen Sie mit ihnen.

Spielen ist überhaupt die beste Therapie für uns. Es erwirtschaftet nichts (es sei denn, Sie pokern um Geld, aber auch dann erwirtschaftet es wahrscheinlich nichts). Spiele befördern weder die Karriere noch bringen sie zusätzliche Sachen ins Haus. Aber sie bringen uns dazu, Zeit mit Menschen zu verbringen, zu lachen und fröhlich zu leben.

Kleine Wunder

Elisabeth, eine Buchhändlerin, schrieb mir: »Beim Hören deiner Lebenskünstler-Geschichten musste ich immer wieder an meine älteste Tochter Nicole denken. Die geht am Sonntag spazieren – und schickt mir dann per Mail Fotos von ihren Entdeckungen: ein Pilz in der Wiese, ein Käfer auf einem Blatt, eine Blume im Moos …«

Beim Spazierengehen kleine Wunder zu sehen, ist eine kostbare Fähigkeit. Käfer sind alles andere als banal und unwichtig. Es tut uns gut, wenn wir uns die Zeit nehmen, das Moos zu streicheln und über eine Blume zu staunen.

Ibrahim Evsan, Medienberater der Landesregierung Nordrhein-Westfalen und Gründer der Social Community Sevenload, zeigte mir kürzlich Bilder von Robotern und erzählte mir, wie weit uns da der Fortschritt schon gebracht hat. Ein Roboter kann blitzschnell Puzzle lösen, indem er mit seinen Kameraaugen die Stücke ausmisst und dann die richtigen zusammenfügt. Ein anderer wird in naher Zukunft von der Armee als Kampfmaschine eingesetzt. Der dritte baut aus Plastikbechern Türme.

Und doch stimmt bis heute, was Heinrich Heine

sagte: »Jeder dumme Junge kann einen Käfer zertreten. Aber alle Professoren der Welt können keinen herstellen.« Keiner der Roboter kann sich fortpflanzen, keiner kann essen und sich damit die Energie verschaffen, die er zum Laufen braucht. Die Roboter können nicht fliegen, Gänge graben und außerdem noch mit feinen Haken an den Füßen einen Baumstamm hinaufklettern und sich an einem Blatt festhalten. Käfer können das.

Ich staune über die winzigen Wundertiere, die Käfer und Ameisen und Wasserläufer. Wir sind kluge Wesen. Lassen wir uns vom Stolz nicht das Staunen austreiben.

Heiß duschen

Heute fiel mir im Bett, gleich nach dem Aufwachen, eine Geschichte ein. Wie einen Film sah ich sie vor mir. In solchen Momenten darf ich keine Zeit verlieren, indem ich mich erst anziehe, die Zähne putze und frühstücke – bis dahin wäre die Geschichte nur noch verschwommener Nebel. Also habe ich mich im Pyjama an den Computer gesetzt und geschrieben. Die Geschichte war gerettet. Als ich mit dem Niederschreiben fertig war, fror ich. Eigentlich hatte ich vor, erst am Abend nach dem Volleyballspielen zu duschen, aber ich brauchte Wärme. So habe ich mich unter die Dusche gestellt, und es fühlte sich wunderbar an, wie das heiße Wasser über meinen Körper spülte und mich langsam aufwärmte.

Dieses ungeplante Duschen macht mir bewusst, welchen Luxus ich genieße. Ich kann so oft heiß duschen, wie ich möchte, ohne fürchten zu müssen, dass das Geld dann nicht mehr für Miete oder Essen reicht.

Ein Bad in 180 Litern heißem Wasser kostet 25 Cent für das Wasser und 4,50 Euro für Strom oder Gas. Einmal zu baden kostet also 4,75 Euro. Zehn Minuten zu duschen kostet 1,50 Euro. Über diese Preise muss ich nie nachdenken, ich leiste mir unbesorgt das Bad oder die Dusche.

Jetzt fühle ich mich sauber und warm, und meine Haut ist erfrischt. Außerdem habe ich einen neuen Pullover angezogen, anthrazitfarben, den ich heute zum ersten Mal trage. Ich bin glücklich! Der Tag kann beginnen.

Jugendliche Träume

Was man als junger Mensch nicht alles träumt und wagt! Mit der Jugendgruppe, von der ich an anderer Stelle in diesem Buch bereits erzählte, haben wir damals ein Café gegründet. Dafür durchbrachen wir die Wand zwischen zwei Kirchenräumen und machten einen großen Raum daraus. Wir bedruckten T-Shirts mit dem Namen des Cafés, erfanden Cocktails, verteilten Flyer.

Während des Zivildienstes gründete ich eine Literaturzeitschrift. Sie sollte Gedichte, Kurzgeschichten, Zeichnungen, Essays und Fotos abdrucken. Ich fuhr mit dem Fahrrad in den Süden Berlins, weil die Copyshops dort, wo kein Mensch hinkommt, günstiger sind. Nach sorgfältig ausgedruckten Papiervorlagen ließ ich 85 Exemplare der ersten Ausgabe herstellen. Der Ladeninhaber heftete sie vor meinen Augen zusammen. Auf dem Umschlag stand: »1. Ausgabe März 1998«. In jugendlicher Euphorie ging ich davon aus, dass binnen Monats- oder Zweimonatsfrist eine zweite Ausgabe folgen würde.

Die erschien tatsächlich, in 150 Exemplaren. Ich gründete einen Verlag – ohne je einen besucht zu haben – und veröffentlichte zwei Sachbücher. Sie verkauften sich gut. Den Verlag habe ich längst abgegeben, aber die Zeitschrift gibt es noch: Die *Federwelt* erscheint, herausgegeben von Sandra Uschtrin, im 23. Jahrgang in einer zweimonatlichen Auflage von 5.000 Exemplaren.

Aus heutiger Sicht würde ich sagen, ich war ziemlich unvernünftig. 1998 war ich 21 Jahre alt und habe nicht viel über Risiken und Erfolgschancen nachgedacht. Heute wünsche ich mir manchmal etwas von der Euphorie und Unvoreingenommenheit zurück, die ich damals besaß.

Was haben Sie geträumt und getan, als Sie jung waren? Sind Sie mit dem Fahrrad durch Europa gefahren? Haben Sie versucht, einen Flugapparat zu bauen oder ein U-Boot? Haben Sie den Zuständen der Welt den Kampf angesagt? Jeder kann Geschichten davon erzählen, wie naiv er oder sie in Jugendjahren war.

Vielleicht aber sind wir in unserer Naivität reicher gewesen, als wir es heute in unserer »Reife« sind. Albert Schweitzer war mit 30 Jahren ein gefeierter Organist, Philosoph und Universitätsdozent. Trotzdem brach er seine Karriere ab, studierte Medizin und ging für den Rest seines Lebens in ein kleines Dschungeldorf in Afrika, um dort ein Krankenhaus für die Vernachlässigten aufzubauen. Er reagierte auf den Begriff »Reife« mit Unwillen:

»Was wir gewöhnlich als Reife an einem Menschen zu sehen bekommen, ist eine resignierte Vernünftigkeit. Einer erwirbt sie sich nach dem Vorbild anderer, indem er Stück um Stück die Gedanken und Überzeugungen preisgibt, die ihm in seiner Jugend teuer waren: Er glaubte an die Menschen, jetzt nicht mehr. Er glaubte an das Gute, jetzt nicht mehr. Er eiferte für Gerechtigkeit, jetzt nicht mehr.«

Wir sagen den Jüngeren: Warte, bis du in unser Alter kommst! Wir lächeln über ihre Unerfahrenheit. Dabei sollten wir sie beneiden, denn sie sind begeisterungsfähig, und Zweifel können sie nicht davon abhalten, etwas Großes in Angriff zu nehmen.

Bewahren wir uns, wenigstens in Teilen, ein 21-jähriges Herz.

Die Ewigkeit im Herzen

Ich dachte immer, ich stehe über diesem ganzen »Hilfe-ich-werde-30-40-50«-Quatsch. Tue ich aber nicht. Als ich 30 wurde, bin ich abgehauen und habe meiner Oma den Garten umgegraben. Ich wollte niemanden sehen und den Geburtstag nicht feiern. Inzwischen siezen mich junge Leute. Woran sehen sie, wie alt ich bin? Ich habe nicht gemerkt, dass ich auch äußerlich älter geworden bin.

Alfred Kerr wird der kluge Satz zugeschrieben: »Ich schaute um halb elf auf die Uhr, und es war erst Viertel nach acht.« Unser Gefühl stimmt nicht immer mit der wirklichen Zeit überein. Ich fühle mich überhaupt nicht wie … na, so alt, wie ich gerade bin. Und indem ich das sage, habe ich mich schon disqualifiziert. Solche Sprüche kamen früher immer nur von den Leuten, die bedauernswert alt waren.

In der Bibel steht im Buch Prediger ein zauberhafter Vers: »Gott hat alles schön gemacht zu seiner Zeit, auch hat er den Menschen die Ewigkeit in ihr Herz gelegt.«

Ewigkeit. Ich gestehe, dass mein Herz auf dieses Wort mit Sehnsucht reagiert.

Ich hoffe auf ein Leben nach dem Tod, einen neuen

Körper, eine neue Zeit – ganz ohne Uhren. Da möchte ich spazieren gehen am Meer, bis ich es umrundet habe. Ich möchte jemanden besuchen für drei Jahre, ohne die geringste Unruhe oder Aufbruchsstimmung, bis unsere Gespräche reif und tief geworden sind.

Es gibt Wichtiges zum Thema Zeit zu sagen. Als Schüler wussten wir immer, wann wir uns konzentrieren mussten und wann Pause war. Wir wussten, wann Hausaufgaben und Lernen an der Reihe waren und wann wir alles stehen und liegen lassen konnten. In den Hofpausen haben wir Tischtennis gespielt.

Als Erwachsene müssen wir unsere freie Zeit selbst festlegen. Bei manchem Erwachsenen klingelt es nie zur Pause. Mit schlechtem Gewissen würgt er hastig sein Pausenbrot runter, schaut verzweifelt aus dem Fenster und hasst sich dafür, dass er zu müde ist, um weiterzuarbeiten. Falls Sie einer von diesen Erwachsenen sind, denken Sie daran: Sie tragen die Ewigkeit im Herzen. Die paar Minuten Pause können Sie locker verschmerzen.

Hanser-Verleger Michael Krüger hat in einem Interview einmal wunderbar entspannt geantwortet: »Der große Baum da hinten, das ist ein Bergahorn, den gucke ich jeden Tag an und überlege mir, wie ein solcher Baum, ein solches Kraftwerk funktioniert. Der muss jeden Tag 300 Liter Wasser haben, mit einer unglaublichen Pumpe muss das bis nach oben bewegt werden. Die Wurzeln, mit allen Haarwurzeln zusammengelegt, ergeben eine

Strecke von hier bis Danzig. Und es ist trotzdem eine Gestalt, die in größter Ruhe dasitzt, die mit schöner Regelmäßigkeit ab Mitte November das Laub verliert und im Frühjahr wieder anfängt zu blühen. Was da drin los ist! Nach außen vollkommene Ruhe.«

Ich möchte solch ein Baum sein, die Wurzeln im Hier und Jetzt und die Zweige schon zur Ewigkeit ausgestreckt.

Fröhliche Menschen

Der ICE Düsseldorf–München. Ein gebrechlicher Mann mit Krücken müht sich, die Treppen in den Zug hinaufzukommen. Für jede Stufe braucht er eine Ewigkeit. Hinter ihm staut sich alles. Reisende verlassen die Schlange und weichen auf andere Türen aus, weil absehbar ist, dass es hier noch lange dauern wird. Endlich ist er drin, und auch ich kann einsteigen. Im Waggon kriecht er auf seinen Krücken vorwärts. Er muss wieder stehen bleiben, und wir hinter ihm genauso – diesmal allerdings, weil eine Traube von Leuten den Gang versperrt. Er schimpft: »Geht's hier endlich mal weiter? Sie halten uns alle auf!«

Ich kann nicht fassen, dass er das sagt! Niemand hat ihn kritisiert (es wäre ja auch makaber, einen alten Mann auf Krücken anzutreiben). Ist ihm denn nicht bewusst, welchen Stau er selbst gerade verursacht hat? Er schimpft nach vorn, während er hinter sich Reisende zu größter Geduld zwingt. Wie blind wir manchmal sind!

Wir sind von Angeboten umschwärmt, die uns glücklich machen sollen, und haben das Geld, um sie zu bezahlen: Internet mit High-Speed-Zugang, schöne Kinofilme, rund um die Uhr tolle Musik in zahllosen

(Web-)Radiosendern, Sportangebote, Computerspiele, Freizeitparks, Erholungszentren, Schwimmhallen, Tanzschulen, Kinos, Theater, Cafés … Unser Zeitalter ist die Ära der Unterhaltung und der Freude. Warum sind wir so traurig und unzufrieden?

Stefan Mann, ein promovierter Volkswirt und Urenkel des Schriftstellers Thomas Mann, untersucht in seinem klugen Buch *Markt, Glück und Staat* die Gründe für unsere Unzufriedenheit. Er schreibt: »Eigentlich ist es paradox, dass der subjektive Leistungsdruck in unserer Gesellschaft immer höher zu werden scheint, während der objektive Leistungsdruck so tief ist wie nie.«

Einfacher ausgedrückt: Wir fühlen uns, als hätten wir es schwer, und haben es dabei so leicht wie noch nie. Wir müssen keine Angst haben um Nahrung, das Dach über dem Kopf, medizinische Versorgung, Frieden und Unversehrtheit. Die Generationen vor uns hatten da einen ständigen Kampf auszufechten. Wir nicht, und trotzdem fühlen wir uns unter Druck und machen uns Sorgen.

In früheren Jahrhunderten haben sich die Menschen körperlich sehr angestrengt bei der Arbeit. Ein Müller schuftete im Mittelalter von fünf Uhr am Morgen bis zweiundzwanzig Uhr am Abend in der Mühle. Im 19. Jahrhundert waren Arbeiter in Manufakturen und Fabriken bis zu 16 Stunden am Tag beschäftigt. Sie litten unter Unsicherheit, hatten Hunger, besaßen nur ein Bett für mehrere Familienangehörige. Sie konnten sich Beruf und Wohnort nicht aussuchen wie wir, konnten nicht reisen wie wir, nicht luxuriös speisen. Damals träumte man davon, einmal eine so lange Friedensperiode zu erleben, wie es sie in Deutschland seit über 75 Jahren gibt.

Wir leben wie die Made im Speck. Warum fühlen wir uns – mit all unserer Freiheit – nicht leicht und glücklich? Natürlich, auch wenn wir weniger Stunden arbeiten als die Leute damals, wir strengen uns an bei der Arbeit. Und das Dumme ist, wir strengen uns bei der Freizeit gleich wieder an! Wir brauchen Kraft, um uns zu entspannen, wir haben regelrechten Freizeitstress. Angst, etwas zu verpassen. Angst, hinterherzuhängen. Angst vor der freien, unverplanten Zeit.

Trotzdem, Sie könnten es mal versuchen: Seien Sie kein meckernder alter Mann an Krücken. Wir haben Grund, fröhliche Menschen zu sein.

Unmusikalische Computer

Vor einiger Zeit machte die Redaktion der WDR-Sendung *plusminus* ein Experiment mit den Sprachcomputern der Deutschen Bahn, einiger Banken, der Bundesagentur für Arbeit und der Telekom.

Die Redakteure wollten herausfinden, wie man es schaffen konnte, möglichst schnell an einen Berater weitergeleitet zu werden, anstatt sich mit dem nervigen Computer abmühen zu müssen. Dabei entdeckten sie einen Trick: Wenn sie kräftig sangen, gab der Computer auf. Die Sprachcomputer reichten die *plusminus*-Redakteure innerhalb von zehn bis zwanzig Sekunden an einen menschlichen Servicemitarbeiter weiter. Die Redakteure mussten dafür nur gleich nach Zustandekommen der Verbindung eine Melodie in das Telefon singen, wobei sie kein Lied mit Text wählten, damit der Computer nicht versuchen würde, den Text als Sprache zu verstehen. Als effektiv erwies sich kurzes, kräftiges Ansingen und anschließendes Schweigen, damit der Computer versuchen konnte, die Eingabe zu analysieren. Bei einer Melodie gelang ihm das nicht.

Wenn ich Radio höre, staune ich, was wir Menschen mit unserer Stimme anfangen können. Und mit

Instrumenten: Wir zupfen Saiten, die wir über Holzkästen gespannt haben, wir blasen Luft in Klangkörper aus Metall und schlagen Drähte mit Hämmerchen an. Musik entsteht. Was sie alles zum Ausdruck bringen kann, Leichtigkeit, Glück, Trauer, Schwere, Euphorie, Sehnsucht!

Ich habe 171 Musikalben auf CDs und im Computer, 171 »Konzerte«, von Filmmusik bis Pop, von Jazz bis Klassik, unter denen ich je nach Stimmung und Bedürfnis auswählen kann. Wenn jedes dieser Alben nur zehn Tracks hat, dann sind das 1.710 Musikstücke, traurige, beschwingte, alles, was mein Herz begehrt. Dazu kommen Radiosender, Lieder, die ich vor mich hin summe, die Melodie einer Amsel vor meinem Fenster …

Ich bin froh über diese Töne, über diese Melodien. Schönheit und Gefühle und Tiefgründigkeit in Musik zu legen, kriegt kein Computer hin. Aber wir Menschen beschenken uns damit.

Kinderspiele

Vor der Lesung in Wilsdruff bei Dresden betrete ich einen Schreibwarenladen. Die Verkäuferin berät gerade einen Jungen, der ein Geschenk für die Geburtstagsfeier seines Spielkameraden sucht. Sie sagt: »Du kannst auch einen Mätscher nehmen.«

Sofort bin ich wieder in meiner Kindheit. Ich habe bis zur Wende in der DDR gelebt. Für uns waren Mätscher damals der Inbegriff von Spielzeug. Wir haben unsere kleinen Matchbox-Autos auf dem Wohnzimmerteppich eingeparkt, wir haben ihnen Heftpflaster auf die Unterseite geklebt und ihre Maximalgeschwindigkeit daraufgeschrieben, wir haben ihre Federung getestet und ob sie von allein geradeaus fahren. Weil es in der DDR keine Matchbox-Autos gab, waren die wenigen, die es über die Grenze zu uns geschafft hatten, echte Schätze.

Seit achtzehn Jahren habe ich dieses Wort nicht mehr gehört: Mätscher. Und das auch noch in Sächsisch! Manchmal öffnet ein Wort schlagartig die Pforte zu den Kindheitserinnerungen. Ich muss an eine Menge denken.

Wie wir unsere Spielzeugtiere in der Wohnung aufstellten, Elefanten, Pferde, Löwen, Tiger, Rehe, und uns mit dem Gesicht auf den Boden legten, um auf Augenhöhe mit ihnen zu sein. Manchmal haben wir geweint vor Rührung über diese Spielzeugwelt.

Oder wie wir »Kaiser der Welt« waren: Julian, mein jüngerer Bruder, der Kaiser und Claudius, der ältere, sein Minister. Ich habe die Personen gespielt, die als Bittsteller zum Kaiser kamen – Gauner, Abgesandte des Militärs, Geschäftsleute. Der Kaiser und sein Minister mussten dann jeweils entscheiden, ob sie Gelder oder Hilfe gewähren wollten. Das konnte so aussehen, dass der Kaiser auf einem Quittungsblock eine hohe Summe notierte und mit gönnerhafter Geste den Zettel aus dem Block riss und ihn mir überreichte. Ein anderes Mal wies der Kaiser mich ab und ließ mich aus dem Palast werfen.

Wir haben natürlich auch draußen gespielt, im nahe gelegenen Park oder auf dem Hof eines Nachbarhauses. Und schon kommt ein Knacks in die schönen Kindheitserinnerungen. Der Hof war herrlich, eine sonnengeflutete Wiese mit einer Terrasse, eine Mauer, die man erklettern konnte, und Mülltonnen, bei denen wir in Deckung gehen konnten, während wir mit kleinen Stöckchen als Pistolen imaginär aufeinander schossen. Meistens, wenn wir gerade begeistert spielten, ging ein Fenster auf (ich könnte heute noch zeigen, welches), und ein Mann brüllte: »Verschwindet! Spielt auf eurem eigenen Hof!«

Unser Hof war dunkel, schmutzig und klein wie ein

Rattenloch. Dort hätte niemand seine Kinder spielen lassen. Der Mann hasste uns, daran bestand kein Zweifel. Wir waren ihm zu laut.

Als mein Vater eine neue Arbeitsstelle bekam, zogen wir um, und so verbrachte ich meine Teenagerjahre in Berlin, im Stadtteil Marzahn. Plötzlich gab es keinen Park mehr und keinen grünen Hinterhof. Es gab Spielplätze, aber da standen Schilder, dass sie für alle über dreizehn Jahre verboten waren. Irgendwie fiel meine Altersgruppe durchs Raster. Ich gehörte nirgendwo hin.

Meine Brüder und ich fühlten uns nicht erwünscht im Plattenbauviertel. Es gab – außerhalb der Wohnung – keinen Platz, wo wir Kinder sein durften. Deshalb liefen wir oft zu einem Wald außerhalb der Stadt. Dort legten wir auf einem Friedhof Beete an und brachten stolz Petersilie und Schnittlauch nach Hause. Bis unsere Mutter erfuhr, wo die Kräuter gewachsen waren …

Wenn ich an die Verbotsschilder von damals denke, ärgere ich mich immer noch:

Diese Grünfläche ist keine Spielwiese!
Rasen nicht betreten!
Das Ballspielen im Torweg ist verboten!
Privatgrundstück. Betreten verboten!

Es gibt viele Regeln in Deutschland. (Andreas Malessa lässt in seinem Buch *Was gibt's da zu lachen?!* jemanden Flaschen in einen Altglascontainer werfen und bemerkt, Deutschland sei das einzige Land der Welt, in dem auch

Mülleimer Öffnungszeiten haben. Werktags und samstags von 9 bis 13 und 15 bis 18 Uhr.)

Arno Backhaus schreibt: »Zu Recht wird artgerechte Haltung für Hühner gefordert, aber wie sieht artgerechte Haltung für Kinder aus?«

Was ein Kind sich wünscht, welche Bedürfnisse es hat, das wissen wir alle – schließlich haben wir Erinnerungen an unsere eigene Kindheit. Ich wollte eine Gute-Nacht-Geschichte hören und danach zärtlich zugedeckt werden. Ich wollte das Gefühl haben, erwünscht, geachtet und respektiert zu sein. Mir war es wichtig, ernst genommen zu werden mit meinen Problemen, auch wenn meine Schulaufgaben nicht konkurrieren konnten mit der Bedeutung von Arbeitstellenkrisen der Erwachsenen. Ich brauchte es, dass man mir trotzdem zuhörte.

Wir prägen unsere Kinder. Prägen wir sie mit Gutem!

Arroganz oder Neugier

Jede Generation hält sich für besonders klug. Meine schüttelt den Kopf über Zeiten, in denen es keine Computer gab, keine Handys, kein Internet. Wie rückständig müssen die Leute damals gewesen sein! Wir hingegen halten uns für wissend, als könne es da nicht mehr viel geben, was nach uns noch kommen soll an Erkenntniszugewinn.

Das ist allerdings kein modernes Phänomen. Im 18. Jahrhundert hielt man sich für sehr gescheit! Der Blitzableiter wurde erfunden und an die Paläste montiert. Man besaß Mikroskope, wusste von der Aberration des Lichts und lehrte die kinetische Gastheorie. Fahrenheit hatte das Quecksilberthermometer erfunden und Celsius die Thermometereinteilung. Es gab Spinnmaschinen und Spiegelteleskope und sogar Rechenmaschinen mit binärer Zahlencodierung. Man blickte auf die Menschen des 16. und 17. Jahrhunderts herab. Was hatten die schon gewusst – im Vergleich zur neuen Zeit? Aus unserer heutigen Sicht waren allerdings die Menschen in der Mitte des 18. Jahrhunderts noch recht unwissend: Zum Beispiel hatten sie keinen blassen Schimmer davon, wie ein Erdbeben entsteht!

Man vermutete unterirdische Höhlen, in denen Gase sich entzündet hatten. Explodierende Salpeter-Schwefel-Gemische wurden als Ursache für das Beben angenommen. Dr. William Stukeley diskutierte 1750 in der Royal Society die Theorie, ein Erdbeben entstehe, wenn eine Wolke, die nicht elektrisch geladen sei, auf einen Bereich der Erde regne, der sich in einem hoch elektrisierten Status befinde. Wieder andere behaupteten, große Mengen Wasser würden auf unterirdische Feuer stoßen, und die daraus folgende Dampfexplosion lasse die Erde beben. Für uns, die wir wissen, dass Erdplatten sich bewegen und ihre Ränder aneinanderreiben, klingen die alten Erklärungen ziemlich absurd.

Warum aber bilden wir uns ein, dass man nach uns nicht genauso bahnbrechende Entdeckungen machen wird? Glauben wir ernsthaft, die ersten wirklich klugen Menschen zu sein? Ich schäme mich für diese Arroganz.

Wenn es uns schon schwerfällt, uns vorzustellen, dass unsere Kinder einmal die Rasierapparate und Autos des Jahres 2010 für veraltete Ungetüme halten werden, wie blind müssen wir dann erst in anderen Bereichen sein!

C.S. Lewis schrieb: »Auf Erden gibt es keinen unparteiischen Richter zwischen den Jahrhunderten, denn keiner steht außerhalb des historischen Ablaufs – und keiner ist ihm so gänzlich verfallen wie jener, der unser eigenes Jahrhundert nicht einfach für einen weiteren Zeitabschnitt, sondern für eine endgültige und dauernde

Standfläche hält, von der aus er alle übrigen Zeitalter objektiv zu erkennen vermeint.«

Von den Generationen vor uns wenig zu halten, bedeutet einen großen Verlust an Schönheiten, die sie geschaffen haben, und an Erfahrung. Friedensreich Hundertwasser sagte einmal: »Wer die Vergangenheit nicht ehrt, verliert die Zukunft, wer seine Wurzeln vernichtet, kann nicht wachsen.«

Ich möchte meine Neugier in die Zukunft und in die Vergangenheit richten. Beide bergen Schätze, die ich nicht übersehen will.

Konkurrenzkampf

Als Schüler mussten wir uns vor dem Sportunterricht in Umkleideräumen umziehen, in denen es nach verschwitzten Klamotten stank. Dann ging es eine Treppe hinunter zur Turnhalle. Damit wir uns beim Umziehen beeilten, galt das Gesetz: Wer als Letzter in Turnsachen die Treppe runterkommt, kann gleich wieder kehrtmachen und sich anziehen. Er verbringt – zur Strafe für sein Trödeln – die Sportstunde auf der Bank und schaut zu. Das war wirklich eine Strafe. Es war schrecklich langweilig, den anderen zwei Unterrichtsstunden lang beim Bodenturnen oder Völkerballspielen zuzusehen.

Ich staune, dass mir damals nicht aufgefallen ist, wie ungerecht diese »Motivationshilfe« war. Einer muss ja der Letzte sein, es geht gar nicht anders. Selbst wenn alle im Höchsttempo die Sportsachen anziehen und nahezu gleichzeitig die Treppe hinunterrennen, einer wird bestraft. Ich erinnere mich gut, wie ich beim Umziehen nach den anderen sah und mich einstufte: Gibt es Langsamere als mich? Muss ich mich ranhalten?

Den Konkurrenzkampf habe ich tief verinnerlicht. Ich bin gerade nach München gezogen und habe mich in einer neuen Tanzschule angemeldet. In der ersten Tanzstunde beobachtete ich die anderen Paare: Sind sie besser oder schlechter als wir? Erst als ich sicher war, dass es auch einige gab, die schlechter tanzten, entspannte ich mich. Ich hätte es nicht ertragen, der Schlechteste zu sein.

Und glauben Sie bitte nicht, in einem einsamen Beruf wie dem des Schriftstellers gäbe es keine Konkurrenz. Sobald man ein Buch auf dem Markt hat, fängt man an, sich mit anderen Autoren zu vergleichen. Wessen Buch bekommt als Spitzentitel mehr Platz in der Vorschau? (Die Vorschau ist eine Art Katalog für die Buchhändler. Manche Bücher werden auf einer halben Seite vorgestellt, andere auf zwei oder sogar vier Seiten.) Wessen Buch liegt im Stapel auf den Tischen? Wessen Buch wird in Werbeanzeigen im SPIEGEL beworben? Wessen Buch schickt die Presseabteilung des Verlags an die Feuilletons für Rezensionen? Nicht jedes Buch, das erscheint, wird mit gleich viel Aufwand beworben. Ein Verlag muss Schwerpunkte setzen. Um diese »Schwerpunktplätze« konkurrieren wir Autoren.

Da haben Sie's: Wer schafft es, sich schneller umzuziehen?

Die Gefahr bei dieser Haltung ist, dass die Freude an dem, was man tut, verloren geht. Ich tanze doch nicht, um besser zu sein als andere! Ich tanze, weil es mir Spaß macht, Lena durch den Tanzsaal zu wirbeln. Das vergesse ich, wenn ich nur Augen für die Stärken und

Schwächen der anderen Paare habe und damit beschäftigt bin, in meinem Kopf eine Rangliste zu erstellen.

Genauso das Schreiben: Ich erzähle doch keine Geschichte, weil ich mehr Seiten im Katalog haben will! Ich erzähle eine Geschichte, weil sie mich berührt und auch die Leser berühren soll. Das vergesse ich, wenn es mir darum geht, Kolleginnen und Kollegen auszustechen.

Ich kenne Ihre Lage nicht, Ihren Beruf, Ihre Familie, Ihren Alltag. Liefern Sie sich einen Wettlauf mit Ihren Geschwistern? Vergleichen Sie sich mit Freunden, mit Kollegen, mit den Nachbarn? Befreien Sie sich davon. Es geht nicht um Status oder Einkommen im Leben.

Tanzen Sie. Schreiben Sie. Unterrichten Sie. Bauen Sie. Was immer Ihre Berufung ist. Und genießen Sie die Erfüllung, die es Ihnen gibt.

Gott und die Spinnen

Spinnen sehen nur wenige Zentimeter weit. Was wohl die Welt für sie bedeutet? Können sie begreifen, was ein Haus ist, ein Baum, eine Autobahnbrücke? Können sie sich ein Wesen von der Größe eines Menschen überhaupt vorstellen? Wenn für sie alles verschwimmt, was sich weiter als ein paar Zentimeter von ihnen entfernt, dann bleibt ihnen nichts, als kunstvoll ihr Netz zu weben und zu warten, bis aus der verschwommenen, unbekannten Welt etwas Fressbares hineinfliegt.

Wir dagegen sind nahezu zwei Meter lang und gehen auf zwei Beinen über diese Erde. Wir bauen Brillen und Fernrohre und Weltraumteleskope, wir schießen Raumfähren in den Himmel und tauchen mit U-Booten in die Meerestiefen hinab. Wir erforschen die mikroskopisch kleinen Lebewesen, die in einem Wassertropfen oder auf einem Stecknadelkopf Platz haben.

Aber auch unsere Sinne reichen nicht unbegrenzt weit. Ohne Licht sind wir nahezu blind. Wir hören keinen Ultraschall, und wir können nicht sehen (geschweige denn begreifen), wo das Universum zu Ende ist oder ob es überhaupt ein Ende hat. Wenn es jemanden gibt, der größer ist als das Universum und für den unsere Erde ein Staubkorn ist – wir können ihn nicht erfassen.

Nun behaupten 4,4 Milliarden Menschen, über die Hälfte der Weltbevölkerung, dass es Gott gibt. 2,5 Milliarden nennen sich Christen. Einer davon bin ich, aber ich gestehe, Gott macht mir manchmal Angst.

Ein Wesen, das mich sieht, wie ich wirklich bin, ist nicht gerade eine Beruhigung. Es erkennt ja nicht nur meine offensichtlichen Stärken und Schwächen, sondern auch die Hässlichkeiten, die ich so bemüht bin zu verbergen. Ein Gedanke, der in mir den Impuls auslöst, vor Gott wegzulaufen.

Diese Art von Versteckspiel kenne ich gut. Als wir Kinder waren, kletterten meine Brüder und ich gerne mit Taschenlampen in einen alten Russenbunker. Die Eltern verboten es, schließlich bestand dort Einsturzgefahr. Wie Sie sich denken können, war der Reiz des Bunkers dadurch nicht verschwunden, sondern eher noch größer. Leider konnten wir unsere fortgesetzten Expeditionen in den Bunker nicht verheimlichen, weil unsere Kleidung hinterher jedes Mal nach moderigem Stein roch. Wir sprühten uns kräftig mit Deo ein, aber das fiel natürlich auf: Drei schmutzige kleine Jungs, die nach Deodorant dufteten, als hätten sie eine Parfümerie überfallen …

Wir spielten auch auf Bahngleisen, legten Münzen darauf und ließen sie von den Zügen platt fahren oder platzierten Steine auf den Schienen und versteckten uns im Gebüsch, um zu beobachten, wie sie von den Eisenrädern des nächsten Zugs zermalmt oder fortgesprengt wurden. Die Eltern wussten nichts davon, wir erzählten es ihnen erst rückblickend, als wir längst erwachsen geworden waren.

Ich habe eine Narbe am Knie, glänzendes nacktes Narbenfleisch, weil ich einmal Angst hatte, meine Eltern könnten mir das Taschenmesser wegnehmen. Wir waren als Familie an der Elbe, und wir Jungs hatten mit langem Betteln – und Beteuerungen, wie vernünftig wir schon seien – das Recht errungen, uns Taschenmesser zu kaufen. Ich habe noch die Belehrung meines Vaters im Ohr: »Immer vom Körper weg schnitzen! Niemals mit offener Klinge laufen!«

Stolz saß ich am Elbufer und schnitzte an einem Stück Holz, das ich gefunden hatte. Bis ich abrutschte und mir ins Knie schnitt. Es blutete stark. Weil ich das Taschenmesser behalten wollte, habe ich nichts gesagt; ich bin mit zusammengebissenen Zähnen durch die Gegend gehumpelt und habe mein Missgeschick vertuscht. Gott weiß jede Unvernünftigkeit. Er sieht das blutige Taschenmesser, er sieht die Steine auf den Gleisen und die Expeditionen in den Russenbunker. Er sieht die Lügen, die das Ganze vertuschen sollten. Er sieht heute, wenn ich mir Schrott im Internet ansehe, wenn mich gewalttätige Computerspiele begeistern, wenn ich am Telefon lüge, dass ich gerade beim Arbeiten bin.

Aber Gott hat auch selbst eine Expedition in einen dunklen, einsturzgefährdeten Bunker gemacht. Er hat sich auf die Erde begeben. Man würde erwarten, dass er sich auf der verruchten Welt für die Edlen, die Wahrhaftigen stark gemacht hätte. Das Gegenteil ist der Fall: Der Schöpfer des Universums wurde unter Armen geboren. Er hat Hungrige gespeist. Er hat ungebildeten Menschen das Reich Gottes erklärt. Er hat mit Huren gegessen und ist in Gesellschaft von Räubern gestorben. Jesus, Gottes »Avatar« hier auf der Erde, hat sich mit Menschen angefreundet, die Schrott im Internet ansehen, Ego-Shooter spielen und am Telefon lügen.

Für ihn sind wir Wesen, die nur wenige Zentimeter weit sehen. Wesen, die die Tiefe seiner Liebe nicht mal erahnen können. Und trotzdem gibt er sich mit uns ab. Wenn ich darüber nachdenke, habe ich keine Angst mehr vor Gott.

Was kann ich alles? Ich kann rechnen, zählen, die Uhr lesen. Ich kann schreiben, Klavier spielen, mir die Schuhe zubinden. Ich kann Englisch sprechen und Deutsch. Ich kann langsam gehen, sprinten, schleichen, joggen. Ich kann schwimmen. Ich kann pfeifen. Ich kann singen und flüstern und Reden halten. Na ja. Ich sehe nur wenige Zentimeter weit, im Vergleich mit Gott.

Den Menschen mag ich erwachsen erscheinen, Gott aber kennt meine Schwächen. Das schreckt ihn kein bisschen ab. Er wünscht sich eine Freundschaft mit mir.

Das persönliche Biotop

Karin Ackermann-Stoletzky wünscht sich in ihrem amüsanten Buch *Liebling, fällt dir nichts auf? Wie Sie sich garantiert den Alltag ruinieren* »offene Augen für die vielen kleinen Möglichkeiten, glücklich zu sein«. Beim Lesen stutzte ich. Möglichkeiten – das klingt so, als sei es eine Entscheidungssache, eine Wahlmöglichkeit, ob ich glücklich sein möchte.

Gibt es nicht Lebenssituationen, wo man keine Wahl hat? Ein naher Angehöriger stirbt, oder ich liege im Krankenhaus oder habe gerade meinen Job verloren. Da kann ich nicht glücklich sein.

Während der vielen Jahre, in denen ich einfach Alltag lebe, könnte es sich allerdings lohnen zu fragen: Was brauche ich, was macht mich glücklich?

Es ist erstaunlich, wie oft ich meine Bedürfnisse ignoriere oder nur lamentiere, anstatt die Dinge anzupacken. Ich darf mir mein eigenes Lebensbiotop bauen. Ich darf gut zu mir sein. Wenn ich mehr Abende mit Freunden brauche, organisiere ich welche. Wenn ich hier mal raus muss, nehme ich eine Reise in Angriff.

Manchmal allerdings weiß ich gar nicht so richtig, wie mein persönliches Biotop aussehen müsste. Wenn mein Leben ideal laufen würde, wie sähe es aus? Was fehlt mir? Bei diesem Nachdenken hilft es, auch mal unrealistisch zu sein. Walt Disney verlangte von seinen Teams, zuerst ohne Einschränkungen Ideen zu liefern, ohne die Frage, ob es realisierbar wäre. Dafür ging er mit ihnen in einen Raum, in dem keine Kritik geäußert werden durfte. Erst in einem zweiten Schritt wanderte das Team in einen anderen Raum und prüfte, was von den geäußerten Ideen umsetzbar war.

Machen wir's genauso! Das Traumleben, wie würde es aussehen? Wenn ich mir meinen Alltag ansehe, was würde mich dem gewünschten Biotop ein kleines Stück näherbringen? Ich würde mehr lesen und weniger am Bildschirm sitzen. Ich würde mich weniger verzetteln und mich stattdessen mit Ruhe den größeren Projekten widmen. Wir hätten öfter Neubürger aus anderen Ländern zu Besuch, die im Gespräch meinen Horizont weiten. So groß sind die Änderungen gar nicht, und doch, es ist eine andere Lebenshaltung, die dahintersteckt.

Christen wird vorgeworfen, dass sie viel über das Leben reden, es aber gar nicht wirklich lieben. Oft trifft uns dieser Vorwurf zu Recht. Sie liegen für uns weit auseinander: der Alltag und unser unsterblich machender, faszinierender Glaube. Dabei sind sie ein und dasselbe!

Wir können mit Leidenschaft beten, arbeiten, lieben, staunen, anstatt wie tote Fische im Ozean zu treiben – denn unser Ozean stammt von Gott. Hier sind wir, hier schwimmen, tanzen, jagen wir dahin.

Neugierig auf das Leben bleiben

Irgendwann als Kind muss ich mich entschieden haben, dass ich niemandem zur Last fallen möchte. Und das gilt bis heute. Rufe ich im Verlag an, um den Lektor oder die Pressereferentin etwas zu fragen, muss ich gleich an die Dutzende von Autoren denken, die sie ebenfalls betreuen, und fasse mich kurz. Manches Telefonat lasse ich gleich bleiben, aus Sorge zu stören. Selbst in Freundschaften habe ich die Sorge, meinem Gegenüber unbequem zu sein.

Ich bin, um es den Menschen um mich herum leicht zu machen, gut im Smalltalk und ein vergnügliches Gegenüber. Ich bin charmant. Geht es mir einmal schlecht, ziehe ich mich zurück, um niemanden damit zu belasten. Dabei sind doch Freundschaften dafür da, sich gerade in solchen Situationen zu helfen!

Ich habe nie das Gefühl, dass ich das Recht habe, Angestellte zu beanspruchen. Beamten, die meine Steuersachen erledigen oder das Elterngeld für uns auf den Weg bringen, bin ich dankbar, als würden sie mir einen persönlichen Gefallen tun. Ich fühle mich, als stünde ich in der Schuld unseres Automechanikers, auch wenn ich ihn für seine Dienstleistung bezahle. Gibt man mir beim Friseur einen Termin, meine ich, ich müsste einen Blumenstrauß vorbeibringen.

Nach einer Lesung sage ich den Buchhändlern: »Danke, dass ich hier sein durfte«, obwohl ich mich ihnen ja gar nicht aufgeschwatzt habe, sondern von ihnen eingeladen worden bin.

Ich glaube manchmal, tief in mir drin, das Leben ist für andere Leute da, nicht für mich, ich bin nur so mit reingerutscht. Diese anderen haben das Recht und die Aufgabe, etwas zu werden auf der Welt. Sie sollen Verantwortung übernehmen, beachtet werden und etwas verändern. Ich bin Künstler geworden, um diese Beachtung dadurch zu verdienen, dass ich den anderen Unterhaltung biete.

Aber selbst beim Schreiben denke ich mitunter, das Buch, das ich gerade verfasse, würde in den Regalen und Bibliotheken dieser Welt nur stören. Es würde die Buchhändler belasten – sie packen es aus und stöhnen: »Wo soll ich dieses nutzlose Ding hinstellen?« Und die Leser, die es zu Weihnachten geschenkt bekommen, denken insgeheim: »Och nö.«

Und jetzt kommt das Verrückte: Sogar beim Beten denke ich, Gott hat doch ganz andere Sorgen, soll ich ihn jetzt wirklich mit meinem Kinderkram stören? Ich fühle mich, als würde ich an seinen Schreibtisch herantreten und einen strengen Blick abkriegen und Gott würde sagen: »Komm zum Punkt. Ich habe zu tun.«

Ich lese gern in der Bibel, mich fasziniert das Vertraute und das Fremde darin. Und ich brauche das Bibellesen als »Abgleich« meiner Gedanken mit dem, was viele Gottsucher und Gottfinder vor mir entdeckt haben. Einen ungünstigen Effekt haben die Geschichten aus der Antike aber auf mich: Sie geben mir unterbewusst das Gefühl, dass ich nicht viel mit Gott zu tun habe und dass er nicht viel mit meinem Leben zu tun hat. Genau das gegenteilige Gefühl müssen die Zuhörer von Jesus damals gehabt haben. Er erzählte ja von ihrer Welt, von ihrem Alltag. Je weiter dieser Alltag zurückliegt, desto schwieriger wird es für uns Christen, die »Frische« zu behalten und die Alltagsnähe des Schöpfers zu verstehen.

Eine Hilfe kann es sein, die geschilderten Begebenheiten praktisch zu durchdenken. Was hat es damals bedeutet, ein Schaf zu verlieren? Was bedeutete vor zweitausend Jahren eine Einladung zum Essen? Warum mussten die Brautjungfern so lange auf den Bräutigam warten?

Neben diesem Hineindenken und Verstehenwollen der biblischen Texte wünsche ich mir aber auch, dass wir mit unserer Sprache, unseren Erlebnissen, unseren Beispielen von Gott erzählen. Er begegnet einem postmodernen Menschen nicht weniger gern als einem Viehzüchter der Antike oder einem Fischer des ersten Jahrhunderts.

Es erweitert meinen Horizont, wenn andere davon

erzählen, was sie denken, was sie über Gott herausgefunden haben, über sich, über das Leben. Ich kann nicht sie sein. Mir bleibt mein eigener Alltag. Aber den gestalte ich nach dem, was ich von anderen gehört habe, mit neuen Ideen.

Das wichtigste »Buch« ist für mich die Natur. Dieser Planet. Der sanfte Regen, der mir auf Hände und Gesicht fällt und die Straße, das Gras, die Blätter der Bäume nass glänzen lässt, herrlicher Regen, der alle Pflanzen versorgt. Die Sterne bei Nacht. Die bepelzten surrenden Insekten bei Tag. Kürzlich erfuhr ich, dass Bienen mitunter in Blüten schlafen. Ein Drittel aller Nahrungsmittel, die wir täglich verzehren, hängt von der Bestäubung durch Bienen und andere Insekten ab, sie scheinen immer unterwegs zu sein, immer fleißig. Aber auch die Bienen brauchen ihren Schönheitsschlaf. Naturfotograf Joe Neely fotografierte zwei von ihnen, die sich in die Blüte einer Blume gekuschelt hatten. Er war mit seiner Verlobten Niccole unterwegs gewesen, um Blumen zu suchen. Sie fanden herrliche orangefarbene Malvenblüten. Seine Verlobte wunderte sich, dass in einigen Blüten Bienen lagen und sich nicht rührten. Da beobachteten sie andere Bienen, die in die Blüten krochen und sich hinlegten. Eine flog taumelnd, wie betrunken, und machte es sich drinnen bequem.

Sie fanden heraus, dass diese Bienenart, die nur in Zentral- und Nordamerika vorkommt, die sogenannte Malvenbiene, nicht nur den Pollen ihrer Lieblingsblume sammelt, sondern sich auch aneinanderkuschelt, um in den Blüten der Malve zu schlafen.

Es gibt 16.000 Bienenarten auf der Welt. Honigbienen, zum Beispiel, arbeiten Tag und Nacht und schlafen in Schichten im Bienenstock. Junge Bienen schlafen mehr, sie ziehen sich aus dem Trubel des Bienenstocks für die Schlafphasen in die leeren Zellen im Brutbereich zurück. Die älteren Honigbienen erholen sich zwischen einer halben und anderthalb Stunden jede Nacht.

Die meisten Bienenarten aber leben gar nicht in einem Volk und einem großen Bienenstock, sondern einzeln, so wie die Malvenbiene. Sie gräbt ein Nest mit mehreren Kammern in den Erdboden und legt dem Nachwuchs jeder Kammer einen eigenen »Brotlaib« hin, geformt aus mit Nektar zusammengeklebtem Pollen. Beim Nesteingang baut die Malvenbiene einen Turm oder Schornstein, und bis heute weiß niemand, wozu er dient. Soll er den Regen aus dem Nest fernhalten? Soll er helfen, dass sie das Nest wiederfindet, wenn sie vom Pollensammeln heimkehrt? Oder soll er Feinde abwehren?

Woher wissen wir überhaupt, dass eine Biene schläft? Bienen haben keine Augenlider, wir können nicht danach gehen, ob sie die Augen schließen, denn das tun sie nie. Wissenschaftler haben aber herausgefunden, dass sie im Schlaf aufhören, ihre Fühler zu bewegen. Und manchmal fallen sie einfach seitlich um vor lauter Müdigkeit.

Und Hummeln, ach, meine Lieblinge! Ich würde sie gern streicheln, sie über meine Hand krabbeln lassen, ihnen in die großen dunklen Augen sehen. Was wäre diese Welt ohne Hummeln? Würde nicht etwas Entscheidendes fehlen?

Sie sind sanftmütig. Selbst wenn man sie berührt, stechen sie nicht. Nur wenn man sich ihrem Nest nähert, kann es passieren, dass eine weibliche Hummel sticht. Auch das tut sie nicht ohne Vorwarnung. Sie hebt ihr mittleres Bein, was bedeutet: »Vorsicht! Ich werde das nicht dulden. Zurück mit dir!«

Über uns Menschen staune ich genauso. Jede Nacht träumen wir Geschichten. Das zeigen Tests in Schlaflaboren: Ausnahmslos jeder träumt. Wir haben nur eine unterschiedlich ausgeprägte Fähigkeit, uns daran zu erinnern.

Mindestens zwei Stunden pro Nacht, also auf das Leben gerechnet sechs Jahre nonstop, spinnt unser Gehirn Geschichten. (Auch das Gehirn von Leuten, die sich selbst für einfallslos halten.)

Dazu kommen die Tagträume. Wir haben etwa zweitausend von ihnen jeden Tag. Wir tagträumen über die Vergangenheit: Was wir hätten sagen sollen, was wir hätten tun sollen. Wir arbeiten uns durch unsere Siege und Niederlagen. Wir tagträumen kleine Horrorfilme: Wie wir aus dem Fenster stürzen würden, wenn wir uns jetzt noch weiter hinauslehnen, oder wie der LKW auf der Gegenfahrbahn uns rammt, weil wir ein kleines bisschen zu weit links gefahren sind. Wir tagträumen Schönes: wie unsere Wünsche wahr werden. Wer wir einmal sein wollen.

Die Tagträume sind ein mächtiges Werkzeug. Wir malen uns die Zukunft aus. Das bewahrt uns vor Fehlern und hilft uns dabei, die nächsten Schritte zu planen.

Verfolgen wir am Tag Geschichten, indem wir einen Film gucken, einen Roman lesen oder jemanden erzählen hören, dann reagiert unser Körper darauf. Wir atmen schneller. Das Herz rast. Wir schwitzen.

Die Magnetresonanztomografie, mit deren Hilfe man Durchblutungsänderungen in Hirnarealen sichtbar machen kann, hat Erstaunliches zutage gebracht. Wenn wir eine Geschichte lesen, passiert in unserem Gehirn alles ganz real. Wir erleben, was der Protagonist durchmacht. Unsere Neuronen feuern, als säßen wir selbst in einem Raumgleiter und würden von feindlichen Jägern verfolgt.

Auch was wir im Schlaf träumen, ist für unser Gehirn real. Die Befehle zum Springen, Rennen, Kämpfen werden wirklich gegeben. Sie werden nur deshalb nicht ausgeführt, weil eine Sperre im Hirnstamm während des Schlafens verhindert, dass sie an die Gliedmaßen weitergeleitet werden. Menschen mit einer REM-Schlaf-Verhaltensstörung fehlt diese Blockade, und wenn sie im Traum von Insekten angegriffen werden, schlagen sie im Bett wild um sich. Unschön für die neben ihnen

Liegenden. Wie gut, dass bei den meisten von uns die Sperre im Hirnstamm funktioniert.

Es gibt tausendfach Staunenswertes an uns. Das Sprechen, das Singen! Unsere Stimmlippen öffnen und schließen sich mehr als hundert Mal pro Sekunde und bringen die Atemluft zum Vibrieren. So erzeugen wir Töne, Worte. Wir bringen auf unserem Atemhauch mit den Schallwellen, mit den winzigen Erschütterungen der Luft, Worte und Bedeutung in die Welt.

Wir sprechen, wir schreiben, wir schwimmen, wir kleiden uns an, ohne darüber nachzudenken, unser Körper hat Fähigkeiten erlangt, die unterhalb unseres Bewusstseins liegen. Jede Minute unseres Lebens pumpt unser Herz Blut durch kleine Kanäle, es stockt, und rollt, es stockt, und rollt, und versorgt die Zellen unseres Körpers mit Sauerstoff, Mineralien, Energie.

Und was uns alles gelingt! 1903 schafften es die Brüder Wright zum ersten Mal, mit einem Motorflugzeug abzuheben. Nur zwei Generationen später, 1969, landete Apollo 11 auf dem Mond.

Während Blut durch meine Adern fließt und meinen Körper versorgt, spucken Geysire auf dem Saturnmond Enceladus in hohen Fontänen Eispartikel und Wasserdampf in die Atmosphäre, und dann schneit es auf die Oberfläche des Mondes, der fast komplett weiß erscheint, ein Eismond mit »kalten« Vulkanen, einer von zweiundachtzig Monden, die um den Saturn kreisen, und wir haben das herausgefunden.

Wie kann ich glauben, irgendetwas sei alltäglich, wenn ich doch rund um die Uhr von Wundern umgeben bin? Elektronen sind nur so schwach an ein Atom gebunden, dass sie sich schon durch Haarekämmen ablösen lassen, oder dadurch, dass ich einen Wollpullover über den Kopf ziehe – dann blitzt es und knistert und mein Haar lädt sich elektrostatisch auf.

Was für eine verrückte Welt, in der man Elektronen »herauskämmen« kann. Und Licht, wie faszinierend es ist! Ein Lichtstrahl ist so schnell, dass er in einer Sekunde siebenmal um die Welt oder bis zum Mond reisen kann.

Ich will mich *interessieren,* ich will neugierig auf das Leben bleiben. Wenn ich über die Dinge nachdenke, dann sehe ich anders, dann öffne ich auf wohlwollende, zugewandte Art die Augen für die Wirklichkeit. Dann bin ich offen. Dann finde ich Weite. Welches innere Glück kann es hervorrufen, neue Zusammenhänge zu verstehen, das Wunder im Alltäglichen zu finden und darüber zu staunen! Plötzlich scheint alles am rechten Platz zu sein. Das Staunen hilft mir, das Leben wieder zu lieben. Ich kann den Moment als Hier-und-jetzt-Kunstwerk auskosten, nicht nur als etwas, das zu ertragen ist, ich muss abends nicht sagen: »Der Tag ist geschafft« und laut seufzen. Ich will die Tage nicht »schaffen«, als wäre es ein Job zu leben, als wäre zu leben eine ermüdende Tätigkeit von langweiligen Handgriffen, sondern ich will als aufnehmender, neugieriger

Mensch durch alle Herausforderungen gehen, als einer, der lernt, der wächst, der begreift und sich am Schönen freut, so wie er das Hässliche bekämpft. (Auch das Hässliche in sich selbst.)

Schönheit finde ich überall. Nebel über einer Morgenlandschaft. Ein anmutiger Mensch. Warmes Licht. Das Gefühl, wenn ich beim Lesen mit den Fingern über die Buchseite streiche. Ein trabendes Pferd auf einer Weide. Ein Gemälde von Caspar David Friedrich, dem man immer vorwarf, seine Bilder seien so »leer«, dabei schätze ich genau diese Weite darin, und selbst die düsteren Bilder tragen eine melancholische Schönheit in sich. Die Stimme eines geliebten Menschen am Telefon. Gemeinsam lachen. Durch eine fremde Stadt zu spazieren. Selbst wenn ich traurig bin, kann ich Momente der Schönheit erleben, kann ich mich plötzlich getröstet finden durch eine Erfahrung von Schönheit.

Aber die Sinne sind auf Wissen angewiesen. Vieles nehme ich nicht wahr, weil ich nichts darüber weiß. Deshalb ist es wichtig, neugierig zu bleiben und sich immer wieder mit Neuem zu konfrontieren, Bücher zu lesen, Vorträge zu besuchen, sich mit Menschen auszutauschen, die ganz anders sind als ich. Es gehört zum Entdecken dieser Welt und zum Bestaunen des Lebens dazu, ein Forscher zu sein, selbst im ganz Alltäglichen.

Und sich zu üben. Wenn ich ein Instrument übe, wird meine Wahrnehmung für musikalische Nuancen (auch beim Zuhören, während andere spielen) geschult. Das

Ausprobieren und Trainieren ist für die Wahrnehmung wichtig. Es ist eine beglückende »Arbeit« zu zeichnen, zu schreiben, zu tanzen, zu musizieren und darin besser zu werden.

Es ermöglicht ein neues Kommunizieren mit der Welt, ein Sich-Mitteilen, einen Weg, die Welt zu verschönern durch Kunst und gute Gedanken, durch berührende Musik und ein starkes Bild.

Auch das Reisen kann den Blick auf die Schönheit der Welt schärfen, weil es eine kleine Fremdheit in sich trägt. Man sieht mit neuen Augen auf die Dinge und erkennt in den Details, die vom Vertrauten abweichen, das Besondere am eigenen Leben. Über fremde Städte und fremde Menschen lässt es sich wunderbar staunen. Und dann, im zweiten Schritt, über sich selbst.

Unser Schönheitsempfinden ist kompliziert und nicht leicht zu erklären. Eine Frau mit schönem Haar entzückt uns Männer. Finden wir aber ein einzelnes dieser Haare im Waschbecken oder auf dem Tisch, ekelt es uns. Wieso sind Haare einzeln abstoßend, in ihrer gemeinsamen Pracht aber anregend und wunderschön?

Wir sind Künstler. Wir alle. Nicht nur, wenn wir ein Bild malen oder ein Musikstück spielen. Auch als Krankenschwester, als Ingenieur, als Lehrer können wir unsere Arbeit künstlerisch sehen, können Schönheit in ihr finden.

Und die Schönheit, die wir in unseren Beruf einpflanzen, kann für andere heilsam sein. Sogar heilig kann sie sein, in ihr kann mitten im profanen Alltag das Heilige aufscheinen.

Es ist zutiefst befriedigend, die Welt zu verschönern. Es verändert auch mich selbst: Wenn ich Liebe empfinde, habe ich ein schönes Gesicht. Empfinde ich Hass, wird mein Gesicht hässlich. Auch mein Inneres forme ich durch das, mit dem ich mich beschäftige. Wenn ich mich der Schönheit widme – und sie kommt überall vor, im Kleinen wie im Großen –, entdecke ich immer mehr von ihr, ich werde eine Empfangsstation für das Schöne.

Kommt mir die Welt hässlich vor, dann sehe ich das als Aufforderung an, sie schöner zu machen. Damit meine ich nicht die Ästhetik, nicht die Hochkultur, oder zumindest nicht nur. Auch im Schlichten kann Schönheit liegen.

Und das ist es, was mich tröstet: Das Leben selbst spricht eine andere Sprache über Gott als mein Herz. Wenn ich daran zweifle, ob er in liebevoller Ruhe auf uns sieht, dann genügt mir, Moos unter den Fingern zu spüren, eine Hummel fliegen zu sehen oder darüber zu staunen, dass meine Frau neun Monate lang Gemüse aß und Brot und dass währenddessen in ihrem Bauch unser Sohn heranwuchs, ein Baby, ein lebendiges Wesen. Und anderthalb Jahre später noch einmal, der zweite Sohn, das zweite Geschenk.

Es genügt mir, den Wind zu spüren und in den blauen Himmel hinaufzusehen, wo ein Schwarm Stare sich in die Weite wirft. Wir dürfen leben. Wir dürfen hier sein. Wir sind geliebt und gewollt.

Bitte leise gehen

Seit 1954 haben sich die Einkommen in Deutschland verfünffacht. Wir können uns fünfmal mehr leisten als unsere Eltern und Großeltern. Sind wir zufriedener als sie? Leider nicht, wenn wir den Erhebungen glauben.

Es hat mit unseren Erwartungen zu tun. Wie sehen wir die Welt? Sind wir davon überzeugt, dass sie langweilig und boshaft ist? Dann erinnern wir uns auch stärker an negative Erlebnisse, sagen Forscher, und fühlen uns in unserer Sicht bestätigt. Wir bewerten unsere momentanen Lebensumstände entsprechend.

Junge, haben wir Erwartungen! Muss ich für einen Roman etwas recherchieren, besuche ich die Bayerische Staatsbibliothek in München. Einmal hat mich ein Schild am Eingang zum Lesesaal verblüfft: »Bitte leise gehen. Sie sind in einer Bibliothek!«

Dass ich in der Bibliothek nicht reden darf, sehe ich ein. Die Geräuschkulisse im Lesesaal fasziniert mich: das flüsternde Umblättern von Büchern, ab und an das Husten eines Studenten, ansonsten Ruhe.

Aber *leise gehen?* Der Lesesaal ist mit einem geräuschschluckenden, zentimeterhohen Teppich ausgelegt, wie könnte jemand auf diesem Teppich laut gehen?

Hat sich ein Bibliotheksbesucher daran gestört, dass jemand schlurfte oder stampfte? Welcher Anspruch steckt dahinter, in einem Lesesaal mit dreihundert Studenten nichts von den anderen bemerken zu wollen?

Für Empfindliche, die sich an den Schritten der Bibliotheksbesucher stören, gibt es am Eingang zum Lesesaal einen Automaten, an dem man Ohrstöpsel kaufen kann.

Wenn wir auf Fehltritte lauschen, auf ein unpassendes Husten, eine geflüsterte Bemerkung zwischen den Regalen oder die Schritte eines vorbeilaufenden Studenten, dann schaffen wir es zuverlässig, uns aufzuregen. Aber es ist nicht das Husten oder das Schlurfen, das uns unglücklich macht. Es ist unser überhöhter Anspruch.

Erwartungen sind ein perfektes Mittel, sich unglücklich zu machen: Nimmt man sich jeden Tag etwas zu viel vor, dann geht man Abend für Abend unglücklich ins Bett, im bitteren Wissen, »wieder nicht alles geschafft« zu haben.

Wir sind gut darin, hohe Ansprüche aufzustellen. Untersucht man, wie sich unser Alltag durch die Erfindung von Staubsauger, Waschmaschine und Spülmaschine verändert hat, ist das verblüffende Ergebnis, dass die Zeitersparnis durch die »Automaten« und hilfreichen Maschinen sofort wieder aufgefressen wurde durch einen höheren Anspruch an Sauberkeit. Bevor es Waschmaschinen gab, kleidete man sich nicht jeden Tag vollständig neu ein. Man nahm eine frisch gewaschene

Unterhose, aber das Hemd oder der Pullover hielten auch mal über mehrere Tage. Bevor es Staubsauger gab, war nicht der Anspruch da, in einer Wohnung kein Stäubchen zu sehen.

Ach, und WhatsApp …! Sobald ich eine Nachricht gelesen habe, werden beim Absender zwei kleine Häkchen blau. Ab diesem Moment läuft die Zeit. Jede weitere Sekunde, ohne dass ich eine Antwort tippe, ist eine Beleidigung. *Er hat's doch gelesen, warum meldet er sich nicht? Ist er etwa sauer? Habe ich was Falsches gesagt? Oder bin ich ihm nicht wichtig?*

Wir schaffen es, einerseits durch jede Lautäußerung der anderen sofort gestört zu sein – wir wollen sie nicht bemerken müssen! –, und sind gleichzeitig gekränkt, wenn uns die anderen nicht sofort beispringen, wenn wir sie einmal durch eine Nachricht anfordern.

Wie soll sich bei diesen Ansprüchen jemals Zufriedenheit einstellen? Zufriedenheit, nicht Glück. Es gibt da einen großen Unterschied: Glück kann ich nicht machen, es wird mir geschenkt in Momenten, die mich ausgelassen und beseelt machen. Niemand kann eine Woche lang glücklich sein. Glück ist immer eine Sache von Minuten. Zufriedenheit aber ist komplizierter, sie ist etwas Kognitives. Ich selbst habe Einfluss darauf.

Um die Zufriedenheit zu steigern, muss ich erst einmal begreifen, dass ich selbst dafür verantwortlich bin. Wir wohnen in einer bequemen menschlichen Gemeinschaft, aber nicht mehr als ihre Baumeister. Wir genießen ihren Frieden, ihren Luxus. Wir pflegen sie nicht.

Stattdessen sind wir eine ich-fixierte Gesellschaft geworden. Wir sind motiviert durch Gier und Furcht, die Werbung appelliert an unser Habenwollen, unseren Wunsch nach Status, Besitz und Vergnügen, und an unsere Angst (um uns Versicherungen zu verkaufen, Zahnbürsten, Cremes). Aber wollen wir noch etwas aufbauen?

Zufriedenheit ist langfristig, es gibt dafür in der Glücksforschung einen schönen erweiterten Begriff: Lebenszufriedenheit. Suche ich wirklich immer Glück? Suche ich nicht Sinn? Das ist ein Unterschied. Sinn ist tiefgründiger und weniger flüchtig als Glück. Unser Leben soll einen positiven Einfluss auf andere haben und auf die Welt, es soll verbunden sein mit etwas, das größer ist als wir selbst.

Wir Menschen können auf zwei Arten motiviert sein: extrinsisch (ich tue etwas, weil ich dafür Geld oder Anerkennung bekomme) oder intrinsisch (ich tue etwas, weil ich es für richtig und wichtig halte). Mir scheint, unsere Gesellschaft wandelt sich auf ungute Weise dahin, dass wir nur noch extrinsisch motiviert sind. Wir sammeln Vielfliegermeilen, Payback-Punkte und Bonusstempel. Wir erwarten einen direkten Vorteil für uns für alles, was wir tun. Eine Prämie. Ein Freigetränk. Mehr Geld. Angebot und Nachfrage. Alles läuft nach den Gesetzen des Marktes.

Man experimentiert in den USA schon damit, verarmten Müttern Geld zu geben, wenn sie ihre Kinder in die Schule schicken. Autofahrer, die gut bremsen und fahren, bekommen bessere Verträge mit den Versicherungen. Bei uns erhält, wer oft genug zum Zahnarzt geht, Stempel ins Bonusheft und von der Versicherung mehr Zuschuss zum Zahnersatz. Wer das Rauchen lässt oder sich bei einem Sportverein anmeldet, bekommt ebenfalls Vergünstigungen bei der Versicherung.

In England bezahlte der nationale Gesundheitsdienst NHS übergewichtigen Personen bis zu 425 Pfund, wenn sie abnahmen. »Pfund gegen Pfunde« hieß das Programm.

All diese Dinge sind gut: mit dem Rauchen aufzuhören, abzunehmen, in die Schule zu gehen, die Zähne zu pflegen oder Sport zu treiben. Nur nimmt uns der Staat, wenn er dafür bezahlt, dass wir sie tun, die Verantwortung für die eigene Gesundheit ab.

Na und?, könnte man sagen. Hauptsache, es funktioniert!

Aber es verändert uns. Wir verlernen, Dinge zu tun, weil sie richtig sind – auch ohne Belohnung. Dieser Effekt des Verlernens intrinsischer Motivation ist wissenschaftlich erwiesen. Das finanzielle Motiv verdrängt andere, bessere Motive. Gute Gesundheit hat damit zu tun, dass wir unseren Körper achten und mit Sorgfalt behandeln. Es hat mit einer guten Einstellung zu uns selbst zu tun. Nicht mit einer Bonuszahlung. Wir tun am Ende das Richtige aus den falschen Gründen, wir überspringen den Lerneffekt und die innere Überzeugungsarbeit, indem wir auf das Geld setzen.

Die Folge? 90 % der Raucher, die wegen einer Geldprämie aufgehört haben, fangen danach wieder damit an. Bei denen, die wegen einer Geldprämie ihr Gewicht reduziert haben, ist die Quote derjenigen noch höher, die am Ende zu ihrem Übergewicht zurückkehren.

Und was macht es aus uns Menschen!

Es sagt im Grunde aus, dass Überzeugungsarbeit bei uns nutzlos wäre und wir einfach über Bestechung gesteuert werden könnten. Die Motivation, lebensbedrohliche Krankheiten oder Zahnschmerzen zu vermeiden und unseren Körper gesund zu halten, reicht nicht aus: Jemand muss uns dafür bezahlen, dass wir an die Zukunft denken und uns schonen.

Diese Anreize haben keine gute Wirkung auf den Charakter. Wir gewöhnen uns daran, mit Zuckerbrot und Peitsche gelenkt zu werden, und verlieren die größeren Ziele und Werte aus dem Blick. Wir glauben, alles müsse uns etwas bringen. Ansonsten interessiert es uns nicht.

Wie leicht Geld etwas verändern kann, lässt sich leicht gedanklich nachvollziehen: Im Altenheim plötzlich jemanden dafür zu bezahlen, dass er einem das Bett macht, formt persönliche Beziehungen zu Geschäftsbeziehungen um. Das Bett ist trotzdem gemacht, vielleicht sogar besser als zu Hause. Aber es ist nicht mehr

Ausdruck von Liebe. Die Debatte in den USA, Flüchtlinge nur dann ins Land zu lassen, wenn sie eine bestimmte Geldsumme hinterlegen, macht aus einem selbstverständlichen Hilfsakt eine Marktschacherei. Ein Menschenleben wird plötzlich zu einer Ware.

Dieser Umgang miteinander lähmt uns. Ganz anders sieht es aus, wenn wir das Gefühl haben, an etwas Großem mitzuwirken. Plötzlich gibt es kein Motivationsproblem mehr. Wir kämpfen fröhlich gegen Hindernisse und Zweifel.

Das ist es nämlich, wonach wir Menschen uns sehnen: Sinn. Wir wünschen uns, dass man unseren Wert sieht – der nicht aus Leistung besteht und nicht aus Kaufkraft, sondern daraus, dass wir eine staunenswerte Schöpfung sind. Und kostbar, jeder von uns.

Staunen

Ich bin umgeben von Wundern. Als Kind wusste ich das. Meine zwei Brüder und ich fingen uns in Omas Garten jeder eine Königin der gelben Knotenameisen, schaufelten Erde in Gurkengläser und halfen unseren Königinnen, die Brut aufzuziehen. Bald gruben die frisch geschlüpften Arbeiterinnen Gänge in die Erde, sie schleppten Eier herauf oder herab. Wir bauten ihnen Auslaufgehege, die sie durch einen Schlauch erreichen konnten, und fütterten sie mit Fliegen, Zuckerwasser, Obst und Keksen.

Das ist lange her. Heute nehme ich die Welt oft nur durch hektische Blicke wahr, während ich von Aufgabe zu Aufgabe hetze.

Unsere intellektuelle Ausdauer sinkt. Die durchschnittliche Aufmerksamkeitsspanne ist in den letzten zwanzig Jahren von zwölf auf acht Sekunden gefallen. So lange können wir uns durchschnittlich auf eine Sache konzentrieren. Länger nicht. Acht Sekunden sind nicht viel. Das Time Magazine titelte entsetzt, als die Studie kanadischer Forscher erschien: »Kürzer als ein Goldfisch«.

Ich glaube, es hat nicht nur mit Gewöhnung zu tun – Gewöhnung an die rasch wechselnden Bilder bei Netflix oder YouTube, an die kurzen Texte per WhatsApp oder auf Websites – sondern auch mit Willen. Möchte ich mich vertiefen? Sehne ich mich nach Fokus und Konzentration?

Lautes Brummen im Garten. Ein Bienenschwarm sammelt sich an der Blaufichte auf dem Nachbargrundstück. Er stammt aus dem Kasten unseres Vermieters, dort haben die Bienen ihre Königin und die älteren Bienen rausgeworfen und gründen ein neues Volk. Für die ältere Generation bedeutet das, dass sie sich ein neues Zuhause suchen müssen. Sie fangen an, in der Fichte ein Nest zu bauen.

Wenige Tage später kehren die Bienen in den Kasten zurück. Offenbar ist die alte Königin beim Wegschwärmen gestorben. »Lassen die Jungen sie wieder rein?«, frage ich den Imker. »Die Ausgeschwärmten haben doch einen neuen Geruch angenommen.«

Er erklärt: »Die Bienen haben sich vor dem Rauswurf den Bauch mit Honig vollgeschlagen, damit sie Reserven haben für die Suche nach einem neuen Heim. Jetzt landen sie im Einflugloch und bieten den Honig auf der ausgestreckten Zunge den Wächtern an. Die schlecken das Geschenk ab, und währenddessen reiben sich die Bienen am Wächter und nehmen seinen Duft an. So kommen sie wieder rein.«

So sehr verblüfft mich das, dass ich es tagelang jedem erzähle, dem ich begegne. So möchte ich leben: mit der Bereitschaft, zu staunen über die Welt.

Wie kann es sein, dass Geckos kopfunter an der Decke laufen können, obwohl sie weder Klebstoff noch Saugnäpfe an den Füßen haben? Wieso fallen sie nicht runter? Sie nutzen elektrostatische Kräfte und sogenannte Van-der-Waals-Kräfte. Einzelne unpolare Moleküle gehen mit Molekülen der Zimmerdecke eine elektrostatische Wechselwirkung ein. Damit das funktioniert, tragen Geckos an den Unterseiten ihrer Füße Tausende feiner Härchen. Jedes der Härchen bindet sich elektrostatisch und durch Van-der-Waals-Kräfte an die Moleküle der Decke, und die große Zahl an Härchen mit ihren gebündelten winzigen Kräften reicht dafür aus, den ganzen Gecko zu tragen. Sogar an glatten Flächen wie Glas kann das Tier hinauflaufen.

Wie kann man da anders reagieren als mit Staunen?

Delfine schlafen immer nur mit einer Hirnhälfte. Die andere bleibt wach. Im Schlaf zieht der Delfin Kreise durchs Wasser, ein Auge ist dabei offen. Nach einer Weile öffnet er das andere Auge und die andere Gehirnhälfte ruht sich aus.

Wäre verrückt, wenn wir das könnten!

Wir können bereits Wunderbares. Wir können zuhören. Können etwas erfahren von anderen, sogar von Menschen, die gar nicht mehr leben, aber die ihre Gedanken aufgeschrieben haben. Felix sagte neulich zu mir: »Du bist reich, Papa.«

»Warum denkst du das?«, fragte ich.

Er stellte sich vor die Bücherregale, breitete die Arme aus und sagte: »Du hast sooo viele Bücher!«

Recht hat er. Dieser Zugang zu den Gedanken und zum Wissen anderer wurde in früheren Jahrhunderten als Schatz empfunden. Heute wird er nur noch wenig geachtet, wir meinen, durch den Dauerzugriff auf das Internet gut versorgt zu sein. Dabei bietet ein Buch so viel mehr. Es schenkt Vertiefung (mehr, als es Internetseiten können), es schenkt Ruhe.

Geben wir diese Stunden des Lesens nicht auf, diese Fähigkeit, sich ausführlich mit einem Thema zu beschäftigen. Die Welt hat unsere Neugier verdient.

Anmerkungen

S. 9:
Matt Ridley: Wenn Ideen Sex haben, München 2010, S. 37 ff.

S. 29:
© NASA, Apollo 8 Crew, Bill Anders, 24 December 1968, NASA Apollo Archive (http://www.hq.nasa.gov/office/pao/History/alsj/a410/AS8-13-2329HR.jpg)

S.33 f.:
Robert F. Kennedy: »Remarks at the University of Kansas«, 18. März 1968, https://www.jfklibrary.org/learn/about-jfk/the-kennedy-family/robert-f-kennedy/robert-f-kennedy-speeches/remarks-at-the-university-of-kansas-march-18-1968 – zitiert nach Michael J. Sandel: Gerechtigkeit, S. 358 f.

Frank Trentmann: Herrschaft der Dinge.
Die Geschichte des Konsums vom 15. Jahrhundert bis heute, München 2017, S. 405

Robert Musil in seinem Essay »Das hilflose Europa oder Reise vom Hundertsten ins Tausendste«.

MIX
Papier aus verantwortungsvollen Quellen
FSC® C083411

www.brunnen-verlag.de
Lektorat: Eva-Maria Busch & Petra Hahn-Lütjen
Umschlagmotiv: Adobe Stock
Umschlaggestaltung: Jonathan Maul
Autorenfoto: Sandra Frick
Satz: DTP Brunnen
Herstellung: CPI books GmbH
Gedruckt in Deutschland
ISBN Buch 978-3-7655-0762-5
ISBN E-Book 978-3-7655-7590-7

Manfred Siebald

Pitti lächelt

und andere Geschichten

Neuausgabe mit Bonusgeschichte:
„Im Leben nicht“.

160 Seiten, gebunden
ISBN Buch 978-3-7655-1982-6
ISBN E-Book 978-3-7655-7600-3

In seiner unverwechselbaren Art erzählt Manfred Siebald in 15 kurzen Geschichten von interessanten Menschen und zeichnet spannende Charaktere: den lächelnden Obdachlosen und den Hausbesitzer im roten Sakko, den Chef aller Chefs und die triefend nasse Mutter, den verunsicherten Internet-Freak und den einsamen alten Herrn, der den Fehler seines Lebens bereut … Wer Originale kennenlernen möchte, für den ist dieses Buch genau das Richtige.

BRUNNEN VERLAG GIESSEN
www.brunnen-verlag.de